cocon

Martin Guth:
Chill mal dein Leben, Papa ...!
Meine Familie – die schönste Katastrophe der Welt
Aus der bekannten Kolumnenreihe „Vatertage“

Erschienen im CoCon-Verlag
In den Türkischen Gärten 13, 63450 Hanau
Tel. 06181 17700, Fax 06181 181333
E-Mail: kontakt@cocon-verlag.de
www.cocon-verlag.de

ISBN 978-3-86314-370-1
Hanau 2018
Titelgestaltung: Daniel Nachtigal

Inhalt

1	Katzenkaffee	8
2	Mit allem	13
3	„Schland“, Vol. 1	17
4	Terrormix	21
5	Abi to go	25
6	Flip-Flops	29
7	Give-away	33
8	Geschi und Musi	37
9	Schmusie	40
10	Humortest	43
11	Tee-Time	46
12	Klo-Wellness	50
13	Eingesparter Weltspartag	54
14	Supermarktgeschichten	57
15	St. Martin	61
16	Eckige Kreißsäle	64
17	Leben gefährdet Ihre Gesundheit	67
18	Fit fürs Fest	71
19	Ich kann nicht	75
20	Onkel Müßiggang	78
21	Kinderbilderberge	81
22	Messe der Gescheiterten	84
23	Eigentlich ...	88
24	Eiszeit	91
25	Alles Maria oder was?	95
26	Weil halt	99

27	Von Füchsen und Veganern	103
28	Tiefe Einblicke	106
29	Muttizettel	110
30	Barbara	114
31	Demografischer Wandel	118
32	Weißer Sonntag, Teil 1	121
33	Weißer Sonntag, Teil 2	125
34	Pong, Pacman und Co	129
35	Konsequent	132
36	Gleitsichtig	136
37	Gemeine Eltern	139
38	Urlaubsresümee, Teil 1	143
39	Urlaubsresümee, Teil 2	147
40	Die Prinzessin auf dem Wasser	151
41	In vino veritas, Teil 1	154
42	In vino veritas, Teil 2	158
43	Der König von Bhutan	162
44	Kalendersprüche	166
45	Schlüsselmanager	169
46	Jetlag	173
47	Becker-Hecht ins Aus	176
48	Der Sakko-Kreislauf	180
49	Höllenmaschine	184
50	Akte X-mas	187
51	Was ich brauch an Brauch	191
52	Fett ins neue Jahr	195
53	Geburtsvorbereitung, Teil 1	199

54	Geburtsvorbereitung, Teil 2	203
55	Götter in Blau	207
56	T-Kesselchen	211
57	„Schland“, Vol. 2	215
58	Daten-Wildnis	219
59	Die Kofferband-Koryphäe	223
60	Gedankenlos	227

1
Katzenkaffee

„Boa, echt jetzt, chill mal dein Leben, Papa!“, mault meine große Tochter auf, als ich ihr an einem heißen Sommerabend einen Probierschluck aus meiner Apfelweinmix-Flasche verwehre. „Alle in meiner Klasse dürfen schon ab und zu mal Alkohol trinken, ALLE, Papa“, ergänzt sie zeternd. Nein, nicht mit mir, denke ich. Das haben meine Frau und ich in den vergangenen Jahren nun wahrlich gelernt. Wenn Kinder sagen: „ALLE anderen dürfen, nur ich nicht“, ist immer höchste Vorsicht geboten, denn für Kinder sind zweieinhalb von 19 gefühlt schon ALLE. „Du kennst die Regel: Hier auf dem Dorf wird erst ab der Konfirmation gesoffen“, erläutere ich meine Maßnahme. „Haha, sehr witzig, Papa“, keift die – unglücklicherweise katholische – Pubertierende zurück.

„Aber Firmung zählt doch auch, Papsili …“, schaltet sie nun plötzlich auf „Liebmädchen“ und klimpert mit ihren noch etwas amateurhaft geschminkten Wimpern. Damit hatte sie all die Jahre ihren „Papsili“ noch immer rumgekriegt. Nein, so einfach geht das nicht. Immerhin erst zehn Minuten und 80 Besäuselungen später überlasse ich ihr dann aber doch das letzte Drittel der Flasche und hole einen neuen Süßgespritzten. Papa ist ja kein Unmensch.

Am nächsten Tag ist es die Kleine, die ein für sie neues Getränk probieren möchte. Zum Glück noch nichts Alkoholisches, sodass ich ihrem Wunsch nachkommen kann. Beherzt, aber nicht ohne Respekt, nimmt die Neunjährige einen Schluck meines Kaffees. Im Gegensatz zu ihrer großen Schwester tags zuvor katapultiert sie den Inhalt ihres Mundes allerdings kurzerhand ins benachbarte Blumenbeet und schüttelt sich vor Ekel. „Bäh! Papa, wie kannst du so etwas trinken?“, fragt sie mich bestürzt. Ich komme ins Grübeln.

Habe ich damals, vor vielen, vielen Jahren, nicht ähnlich reagiert? Wann war das eigentlich? So viel steht fest, den ersten Kaffee meines Lebens trank ich bei meiner Oma in der Küche mit Unmengen Milch und Zucker. Als ich das dunkelbraune Gebräu hinuntergebracht hatte, dachte ich, dass ich nun endlich erwachsen sei. Die Ernüchterung war groß, als mir Oma klarmachte, dass ihr Kaffee eigentlich gar kein echter war, sondern nur „koffeinfreier Kaffee-Ersatz auf Getreidebasis“. Kein Wunder, dass er so gruselig schmeckte. Es gibt viele Lebensmittelprodukte von früher, die heute zu Recht vom Markt verschwunden sind. Warum „Caro“-Kaffee nicht dazu zählt, ist mir ein echtes Rätsel. Ähnliches gilt übrigens auch für Malzbier, dies aber nur am Rande. Ist es aber nicht phänomenal, welche geschmackliche Bandbreite das Thema „Kaffee“ birgt? Auf der einen Seite die beschriebene Kornplörre, auf der anderen der veredelte Tropfen aus der Luxusmaschine des hippen Coffeeshops in der Fußgängerzone. Diese hochkomplexen Hightech-Zubereitungsgeräte stehen heutzutage aber nicht mehr nur in angesagten Szene-Cafés, nein, sie erobern als modernes Statussymbol mehr und mehr die Haushalte der sogenannten „Neureichen“. Ich oute mich an dieser Stelle gerne als weder alt- noch neureich, sondern als schnöder Filterkaffeetrinker, wohl wissend, dass ich damit in den Augen vieler selbst ernannter Kaffee-Autoritäten ein Unwürdiger, ein Nichts bin.

Ein Beispiel: Ich habe einen Bekannten im schicken Kronberg, dessen Luxuskaffeeanlage mehr kostet als zwei Jahresurlaube mit vier Personen an der Algarve. Als er mir letztens während eines Familienbesuchs „mal kurz die wichtigsten Eckdaten der Maschine“ erklärt hatte, waren die ersten beiden Stunden des Besuchs schon ins Land gezogen und die filigran gefertigte Sahnetorte seiner Frau bereits zimmerwarm zur Seite verrutscht. Interessant fand ich aber, dass die extravagante Maschine nicht nur so viel kostete wie ein Auto, sondern auch so aussah wie das Innere eines PS-Boliden. „Du, Martin, falls es dich interessiert …“, am liebsten hätte ich NEIN dazwischengerufen, „das ist ’ne 12-Zylinder-Espresso-Veloce“, betonte mein Bekannter und wirkte dabei wie ein Zehnjähriger, der seinem Kumpel voller Stolz sein neuestes Matchboxauto zeigt. Der Kumpel machte das, was Kumpel halt so machen, die seit jeher harmoniesüchtig veranlagt sind: Ich tat so, als fände ich dieses Kaffeemonster toll. In Wahrheit wollte ich viel lieber endlich zum Kaffeetrinken respektive zum Kuchenessen übergehen, allein wegen der sich immer weiter derangierenden Torte.

„Das ist schon der Wahnsinn, Martin, oder?“, ließ mein Bekannter nicht locker. „Drei Brühgruppen, schwenkbare Motorköpfe und jeweils Siebträger, ist ja klar …“ „Klar, natürlich, sieht man ja …“, erwiderte ich gespielt fachmännisch, was aber nach hinten losging: „Nee, nee, die sind ja alle hochwertig verbaut, die kannst du gar nicht sehen. Wir sind hier ja nicht bei Tchibo, Martin ..." „Nee, klar ...", kapitulierte ich. „Und von der Leistung her absolut unschlagbar, die macht bis zu 540 Tassen die Stunde", ergänzte der Mann, in dessen Haushalt exakt zwei Kaffeetrinker leben. Macht 270 Tassen pro Kopf und Stunde, ja, das sollte ausreichen. Hinter seinen alphamännchenhaften Ausführungen fehlte eigentlich nur noch das Wort „Stich", so sehr erinnerte mich sein Protzgebaren an das Autoquartettspielen meiner Kindheit. „8-Zylinder, Stich. 180 PS, Stich", mein Gott, wie lange ist das her? Gedankenversunken reichte ich ihm schließlich noch unser kleines, aber feines Gastgeschenk: ein Pfund beste Kaffeebohnen aus dem Feinkostladen. Der Kaffee-Kenner lächelte gequält: „Nicht böse sein, Martin, aber das nehme ich mit ins Büro für unseren Vollautomat. Die Bohnen hierfür beziehe ich ausschließlich vakuumisiert von einem Barista aus der Toskana. Alles andere wäre ja Gift für die Maschine", erwiderte er, als hätte ich vorgeschlagen, Diesel in seinen Benziner zu geben. Dann aber begann er endlich mit der heiligen, ja fast okkultistischen Prozedur des Kaffeemachens. Ganz bedächtig, fast meditativ bereitete er vier Portionen zu, die dann auf sündhaft teurem Porzellan angerichtet wurden, das wahrscheinlich original aus der Zeit der Ming-Dynastie stammte. Jedenfalls schaute mein Bekannter dementsprechend bedeutungsschwanger und wichtigtuerisch. Den Gefallen, nachzufragen, tat ich ihm aber nicht. Also musste mein Gegenüber deutlicher werden: „Und, was glaubst du, ist das Service wert?", fragte er schließlich und gab sich in meinen Augen damit nun vollends der Lächerlichkeit preis. Um die Situation zu entkrampfen, entgegnete ich im Tonfall von „Eifel-Waldi“ aus der TV-Show „Bares für Rares“: „Ich fang mal mit achzösch Euro an.“ Leider kannte der Kronberger Investmentbanker die Show nicht, was meinen Parodie-Gag ziemlich jämmerlich verrecken ließ.

Bis wir schließlich alle mit unseren vier Luxusheißgetränken am Tisch saßen und auf die mittlerweile gänzlich zerflossene Torte starrten, war mein Wunderkaffee nur noch lauwarm. Und es gibt nichts, das ich mehr hasse als lauwarmen Kaffee. Egal ob aus Korn, Bohnen, Bohnen der Toskana oder – wie ich letztens gelesen habe – aus Katzenkot gebraut. Ja, kein Scherz, der teuerste Kaffee der Welt wird aus dem Exkrement der nachtaktiven philippinischen Zibetkatze gewonnen, die Unmengen von Kaffeekirschen frisst und dann fermentiert ausscheidet, was für ein unverwechselbares Aroma sorgen soll. Das glaube ich gerne. Ein geröstetes Kilo kostet übrigens nicht 80, sondern 220 Euro. Vielleicht bringe ich meinem Kaffeefreund beim nächsten Besuch ein paar Milligramm davon mit. Wobei ... unsere nachtaktive Nachbarkatze legt mindestens zweimal die Woche völlig kostenfrei ein stattliches Häufchen auf unsere Hofeinfahrt. Dies ein paar Tage in der warmen Frühlingssonne getrocknet, im Thermomix zu Pulver gehäckselt und ab damit nach Kronberg.

2
Mit allem

Für viele Kolumnisten ist das Schreiben ja stets auch ein Stück weit Kompensation, Vergangenheitsbewältigung oder nur banaler Frustabbau.

Für die heutige Geschichte brauchte ich fast drei Jahre, um mental in der Lage zu sein, sie zu Papier zu bringen. So tief sitzt das. Dabei ging es nur darum, zwei belegte Brötchen zu bestellen. Aber der Reihe nach.

Hungrig und zu später Stunde betrat ich mit meiner Frau erstmals das Fastfood-Restaurant SUBWAY. Während sie sich setzte, ging ich zielstrebig in Richtung Bestelltheke. Da das Restaurant fast leer war, hatte ich keine Zeit, die verschiedenen Essensangebote zu studieren, und wurde sogleich von einem SUBWAY-Mitarbeiter angesprochen. „Und für dich?" Leicht überrumpelt ob des unangebrachten Duz-Tons deutete ich auf eines der großen Sandwich-Bilder über ihm. „Zweimal das da bitte." Der Mitarbeiter nickte. „Brot?" „Äh, ja ...", antwortete ich leicht irritiert. Was für eine Frage? Ein Sandwich ohne zusammenhaltende Brötchenhälften? Was denkt sich dieser Jungspund? Das gäbe ja sonst eine riesige Sauerei. „Und welches?", wollte der schlaksige Mann dann wissen und deutete auf eine Vitrine links vor mir, in der sechs verschiedene Brotsorten nebeneinander aufgebahrt lagen, ein bisschen so, als wären es Särge aus verschiedenen Holzsorten. „Ähhhh ...", sagte ich, um Zeit zu gewinnen, die mir der SUBWAY-Mann aber nicht gab. „Honey Oat, Italian, Cheese Oregano, Vollkorn oder unser Flatbread?“, zählte er gelangweilt auf. Ich besann mich auf den einzigen Begriff, den ich unter den aufgezählten Dingen zweifelsfrei als Brotsorte ausmachen konnte. „Vollkorn.“ „Ganzes?“ „Hmm???“ „Oder halb?“ Ich zögerte. Einerseits hatte ich mächtig Hunger, andererseits fand ich, dass es schon schwer genug war, zwei halbe Sandwiches zu bestellen, zwei ganze würde ja doppelt so kompliziert werden. Außerdem bemerkte ich, dass sich eine junge Frau hinter mir in die Bestellstraße eingereiht hatte, die ich keinesfalls unnötig aufhalten wollte. „Halb“, sagte ich schließlich. Der junge Mann hinter der Theke nahm zwei kleine Brote, halbierte sie, toastete sie kurz auf und legte sie aufgeklappt auf die Arbeitsfläche vor ihm. „Topics ...?“ „Äh, was?“ Der Student rollte überheblich mit den Augen. „Tut mir leid, aber ich bin neu hier“, hätte ich am liebsten gesagt, wenn es nicht ohnehin schon so offensichtlich gewesen wäre. „Also gut, Häm?“ „Hä?“ „Mit Häm oder ohne Häm?“ So langsam begann mich der Bestellvorgang zu nerven. Zum Glück fielen mir dann aber diese zwei berühmten Worte ein, zwei Worte, die mir schon an vielen Dönerständen dieser Welt gute Dienste erwiesen hatten. „Mit allem.“ Ha! Nun waren alle Topicfragen dieser Welt auf einen Schlag beantwortet. Wort- und freudlos friemelte mir der junge Mann jeweils ein paar Brösel der vorbereiteten Zutaten auf die Sandwichhälften, eher er dann verbal noch einmal zurückschlug: „Finnisch?“ Was sollte das nun schon wieder? Ich bin weder blond noch blasshäutig und sehe auch sonst so gar nicht aus wie ein Skandinavier. „Nein, deutsch“, antworte ich. Nun wurde es der ungeduldigen Dame hinter mir wohl doch etwas zu bunt. „Er meint, welche Finish-Soße drauf soll. Es gibt Honey Mustard, Chipotle Southwest, Sweet Onion, Asiago Caesar, Lite Mayonnaise, Hot Sauce, BBQ Sauce, Öl & Essig und Joghurt“, erklärte die Hipster-Frau im Stakkato-Tempo. Ich spürte, wie mein Kragen anschwoll. „Mit allem“, antwortete ich erneut und – zugegeben – auch ein wenig trotzig. Handgestoppte acht Minuten und elf Sekunden benötigte der endgenervte Student hinter der Theke, eher er wirklich von jeder der zehn Finish-Soßen einen Minispritzer auf unsere Sandwiches platziert hatte. Keine Ahnung, wie dieses Durcheinander-Brötchen schmecken würde, aber das war es mir wert. Mit einer guten Portion Genugtuung und einem breiten Grinsen auf dem Gesicht ging ich triumphierend die zwei Schritte thekenabwärts zur Kasse, ehe mich der fusselige SUBWAY-Heini mit der letzten seiner gefühlt 400 Fragen dann doch noch auf der Zielgeraden ausknockte. „Cookie oder Chips?“ Nun konnte ich nicht mehr an mich halten. „Hören Sie, ich möchte nur diese belegten Brötchen. Keine finnischen Topics, kein Honey-Chips und schon gar keinen Keks zwischen all dem Kram, verstanden?“ „Das gehört aber heute kostenlos dazu, das ist 'ne Sonderaktion“, erklärte die neunmalkluge SUBWAY-Fachfrau hinter mir. „Ist mir völlig wurscht, was das ist“, brüllte ich aufgebracht durch den Laden. „Ich will nur diese verdammten zwei belegten Brötchen. Und außerdem heißt das nicht ‚Cookie‘, sondern es heißt Keks. Wo leben wir denn, hä? K, E, K, S. Keks!“ „Also 'n Cookie“, tippte der Student nuschelnd in die Kasse und warf mir einen eingezogenen Riesenkeks aufs Tablett. „Oh, wie lieb, Schatz, du hast extra einen Cookie für mich mitgebracht“, frohlockte meine Frau, als ich schweißgebadet am Tisch ankam. Das war zu viel! Ich drehte mich um und lief in Richtung Ausgang. „Was ist denn?“, rief meine Frau mir verstört nach. „Sorry, Schatz, aber ich bin fertig für heute!“ „Mit was?“ „Mit allem.“

3
„Schland", Vol. 1

Immer, wenn eine Fußball-WM oder -EM stattfindet, häuft sich mit wachsendem Erfolg unserer Nationalkicker wieder die öffentliche Präsenz schwarz-rot-goldener Fan-Utensilien in allen erdenklichen – manchmal auch unerdenklichen – Merchandising-Varianten. Dieses mittlerweile zu einem lukrativen Wirtschaftsfaktor angewachsene Saisongeschäft tritt häufig in Tateinheit auf mit einem ausgeprägt ausgelassenen Spaß-Gehabe einiger minderbestreuselter Zeitgenossen.

„Party-Patriotismus" nennen die Jungen Grünen auf ihrer Facebook-Seite dieses oft alkoholgetränkte, temporäre Landesbekenntnis auf Fanmeilen, beim Public Viewing und im Rahmen von Autokorsos, bei denen die Insassen meist zu drei Vierteln aus den heruntergelassenen Seitenfenstern heraushängen. Party-Patriotismus, ein sicherlich zugespitzter Begriff, der aber nicht völlig fehl am Platze ist, wie ich finde, denn man kann diesen vorübergehenden „Schland-Rummel" durchaus ein wenig kritisch sehen, ohne gleich ein Vaterlandsverräter zu sein. Einen Flaggenboykott jedoch – wi er während der letzten EM vom Grünennachwuchs per Facebook rigide gefordert wurde – halte ich wiederum für übertrieben. Nein, nur aufgrund unserer Vergangenheit müssen wir Deutschen nicht alles verschämt im Garten vergraben, was auch nur entfernt an „Schwarz-Rot-Gold" erinnern könnte. Es ist – wie so oft im Leben – alles eine Frage des Maßes und natürlich der Gesinnung, die dahinter steckt. Soll doch jeder im Stadion seine Fahne schwenken, sein Klemmfähnchen ans Autofenster machen oder seinem Fahrzeug eines dieser schwarz-rot-goldigen Außenspiegel-Verhüterli überstreifen, wenn er zum Ausdruck bringen möchte, dass er gerade mit Jogis Jungs mitfiebert. Auch wenn ich das persönlich nicht mache, gilt für mich hier: Jeder, wie er will, wir sind ein freies Land. Über die Maßen freizügig sind wir deswegen aber noch lange nicht, denn wenn sich unser Bundestrainer am Spielfeldrand – zugegeben recht uncharmant – in der Nase popelt, mit seinen Fingern den Kaugummi knetet und sich anschließend – wie im vorletzten Jahr – mit einem beherzten Griff in die Hose die offensichtlich verknotete Männlichkeit richtet, dann ist der Aufschrei riesengroß. Und dann noch diese Achselschweißplacken an seinem grauen T-Shirt. „Das geht ja gar nicht", schreit die Nation via BILD-Zeitung, während sich 75 Prozent aller zuschauenden Männer in vergilbten Feinripphemden, weißen Tennissocken, beigen Sandalen aus den Neunzigern und der obligatorischen Bierflasche in der Hand bei jedem Eckball unserer Jungs vorfreudig am S... kratzen. Entschuldigen Sie, aber das musste mal so drastisch gesagt werden. Armer Jogi. Oder möchten Sie 90 Minuten lang in Ultra-HD jede Pore ihres Gesichts, jede menschliche Regung, jede reflexartige Geste einem Millionenpublikum sowie allen Fußballgeschichtsbüchern auf immer und ewig zur Verfügung stellen? Ich nicht. Aber gut, während der häufig eher unspektakulären ersten Gruppenspiele eines Turniers gibt es sportlich oft nicht viel Aufregendes zu berichten, sodass sich die Medien auf Boulevardthemen stürzen und Männer wählen per Abstimmung die „heißeste" Spielerfrau und Frauen den „süßesten" Kicker. Ja, auch Frauen werden zu solchen Fußball-Großereignissen medial und werbemäßig miteinbezogen. Ich sehe das aber eher kritisch. Das ganze Jahr über interessieren sich diese jungen Dinger einen feuchten Kehricht für Fußball. („Wo spielt dieser supersüße Lockenkopf Muts Hammels noch mal?") Dann aber, wenn Fußball alle zwei Jahre zum Partyevent erhoben wird, sind sie voll am Start und mutieren zu schwarz-rot-goldigen Cheerludern mit Ballermann-Attitüden, die dann selbst ödeste Null-zu-null-Spiele „subbär geil" finden, nur weil sie sie mit Zigtausenden Gleichgesinnten am Mega-Bildschirm in der Commerzbank-Arena verfolgt haben. Aber Moment, habe ich nicht eben noch, vor wenigen Zeilen, propagiert: jeder, wie er will? Okay, dann muss ich mir folgerichtig auch hier eine gewisse Toleranz oktroyieren. Fakt ist aber: Meins ist dieses Public-Gedöns überhaupt nicht. Deswegen bin ich aber lange noch kein Fan zweiter Klasse. Auch wenn Radio und Fernsehen während Fußball-Großereignissen nonstop das Gegenteil behaupten, kann ich aus eigener Erfahrung reinen Gewissens sagen: Ja, man kann mit unserer Mannschaft auch mitfiebern, mitleiden und mitjubeln ganz ohne public, ganz ohne Fahnen (gemeint sind Flagge **und** Atem), ganz ohne Grillorgie, ganz ohne schwarz-rot-goldene Kriegsbemalung, ganz ohne bei ALDI oder LIDL noch schnell gekauften Möchtegern-Deutschlandtrikots aus einer Kinderfabrik im Osten Bangladeschs. Ich weiß, das klingt total abgefahren, aber es geht. Probieren Sie es doch mal aus! Einfach mal gegen den Strom schwimmen und eigene Prioritäten setzen. Andere fahren zwei Wochen zur inneren Reinigung ins Kloster, ich schaue im kommenden Sommer *alleine und in aller Ruhe* die Fußball-WM. Da kann ich in der Nase popeln, mich untenrum sortieren und unter den Armen schwitzen wie ich will. Und wenn ein Tor für uns fallen sollte, schreie ich nur exakt so laut, dass meine kleine Tochter nicht davon wach wird. Meditatives *lonely viewing*, für Menschen in meinem Alter kann ich es nur wärmstens empfehlen.

4
Terrormix

Es verläuft wieder eine Mauer durch Deutschland. Genaugenommen durch Deutschlands Küchen. Es ist ein Thema, das spaltet. Freundeskreise, Familien, ja sogar eheliche Beziehungen, denn – ich hatte es in den vergangenen Wochen schon mal erwähnt – nichts ist schneller verletzt als ein religiöses Gefühl.

Und der, um den es heute geht, stellt definitiv eine Art Parallelreligion dar. Er teilt unsere Nation küchenmesserscharf in vier Teile. Da sind zunächst die, die ihn besitzen und ihn in den Himmel loben, vorwiegend deswegen, weil man Fehlinvestitionen in dieser eklatanten Höhe nur ungern offen zugibt. Dann die, die ihn besitzen und schon wieder in den Keller verbannt haben, neben andere Elektrogeräte, die man nur zweimal im Jahr benutzt, wie Fritteuse oder Raclette. Kommen wir zu Kategorie drei, zu denen, die gerne einen hätten, das Geld aber für sinnvolle Dinge ausgeben wollen oder müssen. Und schließlich die, die ihn sich theoretisch leisten könnten, ihn aber – neben dem unverschämtesten Preis-Leistungs-Verhältnis – für einen verzweifelten Hilferuf einer modernen Hipster-Gesellschaft auf der Suche nach immer neuen Statussymbolen halten.

Vergleichbares ist derzeit übrigens auf dem Automarkt zu beobachten. Ich wette, 75 Prozent aller SUV-Fahrer wissen nicht einmal, was SUV bedeutet, und tuckern brav mit traktorgroßen Reifen und 12-Liter-

Stadtverkehr-Verbrauch durch die heimischen verkehrsberuhigten Zonen.

Bleiben wir aber beim SUV unter den Küchenmaschinen, dem Thermomix, oder wie ihn mein Butzbacher Satirekollege „Butz“ liebevoll nennt, dem „Terrormix“. Wie Sie womöglich schon vermuten werden, zähle ich eher zu einer der letzten beiden skizzierten Gruppen.

Auslöser, mich heute nun doch mit ihm zu beschäftigen, war ein familiärer Kindergeburtstag Ende Februar, bei der die Gastgeberin stolz eine Armada Cheeseburger aus dem Thermomix servierte. Ich stutzte und überdachte kurz meine Vorbehalte diesen Ungetümen gegenüber. Konnten die wirklich Burger machen? Dann aber setzte mein Verstand ein und ich fragte nach. Am Ende war es lediglich das banale Kneten des Hackfleischs, das auf das Konto dieser „Wundermaschine“ ging. Das Ganze auch noch in vier Etappen, denn für mehr als vier bis fünf Portionen ist der Thermomix ja ohnehin nicht ausgelegt. Ich war so mutig, die Gastgeberin zu fragen, was dagegen spräche, das Hackfleisch mit der Knethaken-Funktion ihres Mixers oder, noch abgefahrener, mit den Händen zu bearbeiten. Nun, was soll ich sagen, bei kritischen Nachfragen ob der Sinnhaftigkeit eines Thermomixes reagieren dessen Besitzer oft empfindlich, was dafür spricht, dass sie zu Kategorie eins gehören. Man stellt nichts infrage, das 1100 Euro kostet.

Noch absurder war vor einigen Monaten in einem anderen privaten Kontext das Lobpreisen einer Thermomix-Zucchinicremesuppe, auch, weil das Multi-Gerät wohl auch gleich das Rezept dazu mitlieferte.

Hallo? Hört ihr euch eigentlich auch mal zu? Gemüse mit Wasser und Brühwürfel in einem Topf kochen, mit dem Pürierstab und einem Schuss Sahne geschmeidig machen, abschmecken und fertig. „Aber was ist mit dem tollen Eis oder dem Dampfgaren“, höre ich da schon die Thermomixjüngerinnen aufschreien. „Eis kann eure herkömmliche (und nun verbannte) Küchenmaschine mit Zusatzaufsatz auch, und einen Dampfgartopf bekommt man für ca. 50 Euro“, entgegne ich da. „Aber der selbst gemachte warme Eierlikör aus Katharinas Thermomix letztens, der war köstlich, Martin“, steigt meine Frau nun noch in diese Küchengrundsatzdiskussion ein. „Wer warmen Eierlikör mag, dem ist ohnehin nicht zu helfen“, beende ich diese an sich völlig überflüssige Diskussion. Soll den Thermomix kaufen, wer will. Ich nicht. Das muss meine Frau akzeptieren oder sich einen neuen Mann backen.

Dies wiederum geht wunderbar in einem kleinen Brotbackautomaten für etwa 60 Euro, der – im eklatanten Gegensatz zum Thermomix – nicht nur den Teig rührt, sondern alle Arten von Brot auch knusprig zu Ende backt. Übrigens, einige Vertreter der zweiten Küchenfraktion haben mir in einem Anflug konspirativer Selbstoffenbarung gestanden, dass der Thermomix ebenso laut sei wie umständlich zu reinigen und dass das ständige, nicht abzustellende Piepen nerven würde. Aha, hab ich's doch gewusst.

Am Ende noch ein Hinweis an alle Thermomix-Fans: Bitte senden Sie mir keine Thermomixrezepte zu mit der Absicht, mich zu bekehren, es ist vergebene Liebesmüh'. Derzeit jedenfalls. Ich will nicht kategorisch ausschließen, irgendwann schwach zu werden. Frühestens aber, wenn diese Dinger über einen integrierten 3-D-Drucker verfügen, der mir nach dem Befüllen mit Rinderhack, Mehl, Hefe, Wasser, Gurken, Tomaten, Salat, Senf, Ketchup und einer Scheibe Schmelzkäse einen prächtigen Burger zusammenzimmert: den ultimativen McThermo.

5
Abi to go

Jedes Jahr, irgendwann im Mai oder Juni, kommen die gymnasialen Schulgebäude unserer Region wieder zum Vorschein. Zuvor waren Sie eine Zeit lang im Stile des Verhüllungskünstlers Christo nahezu blickdicht eingepackt. Ummantelt von mehr oder weniger originellen gegenseitigen Mut-mach-Bettlaken, Daumen-drück-Bannern und Glück-wünsch-Plakaten des aktuellen Abiturjahrgangs beziehungsweise von dessen Angehörigen. Mitunter entflammt dabei ein regelrechter Wettbewerb, wer sich mit seinem überdimensionalen Gruß den besten Hänge-Platz ergattert. Dafür werden mitunter sogar waghalsige und alles andere als erlaubte Kletteraktionen am Schulgebäude in Kauf genommen. Nicht nur seitens übermütiger Schüler, nein, auch einige übereifrige Eltern glänzen dabei mit Unvernunft und treiben mit ihren hanebüchenen Aktionen pflichtbewussten Schulhausmeistern immer wieder sorgenvolle Schweißperlen auf die Stirn.

Nun sind aber für dieses Jahr alle schriftlichen und mündlichen Prüfungen abgeschlossen und die jungen Menschen werden „ins Leben entlassen" (häufigste Formulierung bei Abiturreden) oder „auf den Arbeitsmarkt gespült" (beliebteste Formulierung der Bundesagentur für Arbeit). Allein diese beiden so unterschiedlichen Sichtweisen zeigen das Dilemma, in dem ein junger Mensch am Ende seiner Schullaufbahn stecken kann. Ein Dilemma, das Fragen aufwirft. Was nun? Wohin mit mir? Erst mal 'ne Runde leben, etwas er-leben oder doch lieber ohne Zaudern zielstrebig losmarschieren in Richtung Beruf? Und: Schließt sich beides wirklich aus? Ganz ehrlich, ich beneide die Abiturienten nicht um diese erste wirklich ganz wichtige eigene Entscheidung ihres Lebens und weiß derzeit selbst auch noch nicht, was ich meinen Töchtern später an diesem Punkt empfehlen soll. So sie mich überhaupt nach meiner Meinung fragen, immerhin haben Sie ja nun Abitur und sind erwachsen. Auf dem Papier vielleicht. Und mitunter noch nicht einmal dort. Bei uns in Butzbach beendet gerade ein weiterer G-8-Jahrgang die Schule, was zur Folge hat, dass – je nach Einschulungszeitpunkt – etliche junge Männer und Frauen nun ein Studium beginnen, ohne volljährig, sprich ohne voll „geschäftsfähig" zu sein. Zum Anmieten der Studentenbude müssen also Mami und Papi vor Ort sein und unterschreiben, mal ganz von der Tatsache abgesehen, dass es mit nur 17 Jahren noch mal ein Jahr schwerer ist zu wissen, in welche Berufsrichtung man gehen möchte. Wussten Sie das mit 17 schon? Ich nicht. Aber gut, der Ansatz der G-8-Erfinder war ja der, nur bloß keine Zeit zu verlieren auf dem zielgerichteten und schnörkellosen Karriereweg. Und vor allem, nur ja nicht hintendran sein gegenüber der in den deutschen Arbeitsmarkt drängenden, hochgebildeten und ultrajungen EU-Konkurrenz.

Verfolgt man einen solchen Denkansatz einigermaßen seriös, müsste man konsequenterweise schon viel früher den berufsorientierten Hebel ansetzen und kindliche Bildung bereits ab dem Krippenalter optimieren, damit junge Menschen auch wirklich in der Lage sind, immer früher ins karrieremaximierte Berufsleben einzutreten. Möglich wäre dies mit einem strukturoptimierten Kita-Lehrplan inklusive hochausgebildeter Erzieherinnen und Erzieher. Da sind fünf bis sechs Jahre Ausbildung einfach zu wenig. Mit der konsequenten Umsetzung eines spezifizierten und durchoptimierten Bildungskonzentrats könnte man die Grundschulzeit guten Gewissens auf 24 Vollzeit-Monate (Ferien nur an gesetzlichen Feiertagen) reduzieren und die Kinder mit acht Jahren auf weiterführende Schulen verteilen. Nach Leistung selektiert selbstverständlich. Anschließend würden durch die Installation echter Ganztagsschulen (Unterricht von 7 bis 19 Uhr, Präsenz vor Ort von 6 bis 2 Uhr) sechs gymnasiale Jahre ausreichen, um die Kinder fit fürs Studium zu machen. Ein solcher leistungsorientierter Ansatz mag weichgespülte und gefühlsduselige Eltern zunächst irritieren, brächte aber auch für sie einige Vorteile mit sich. So könnte man zum Beispiel Konfirmation und bestandenes Abitur des Sohnes in einer Feier erledigen. Eine etwaige Tochter wäre dann mit 15 an der Uni und hätte mit 17 den Bachelor in der Tasche. Also nicht den Schnösel-Schönling aus der gleichnamigen SAT-1-Show, sondern das, was man früher (völlig ausreichend) als „Zwischenprüfung" bezeichnet hat. Nicht, dass wir uns missverstehen, natürlich müssten nicht nur akademische, sondern auch handwerklich orientierte Berufszweige schon früh gefördert werden. Eventuell könnte man Produktionskooperationen zwischen Kitas und IKEA ins Leben rufen, denn deren billigste Schubladensysteme bekämen auch fitte Fünfjährige zusammengeleimt. Nein, Spaß bei Seite. Ich begrüße es ausdrücklich, dass meine große Tochter hier in Butzbach nun wieder unter die G9-Regelung fällt und ein Jahr mehr Zeit hat bis zum Abitur. Möglicherweise ist es genau dieses eine zusätzlich Jahr, das sie und ihre Altersgenossen befähigt, beim Beschriften der Abi-Bettlaken und Abi-Plakate hanebüchene Rechtschreibfehler und vor allem das viel gescholtene „Deppenapostroph" zu vermieden: „Hey Luisa. Viel Glück für's Abbi – Deine Kimmi", prangte da zum Beispiel in großen Lettern an der Hauswand des Schulgebäudes. Na ja, was soll's, es muss ja nicht jede Abiturientin später Deutschlehrerin werden. In diesem Beispielfall könnte man aber schon orakeln, dass die Plakataufhängerin später mal „Kimmi's Bjutitysallon" eröffnen wird und dort zum „Wallentin's Tag" (wahlweise auch „Wallen-Dienstag") bestimmt viele „Wellness's – Special's" anbietet. Dies zu mutmaßen wäre aber böse und klischeebeladen, deswegen verkneife ich es mir und hoffe, dass jeder Abiturient, jede Abiturientin nach seinem oder ihrem Abi to go auch den passenden Way of life für sich findet.

6
Flip-Flops

Eine der wichtigsten Erkenntnisse meines bisherigen Lebens ist, nicht überall dabei sein zu müssen, sich die Freiheit nehmen zu können, manche Dinge einfach nicht zu tun. Aus Überzeugung oder einfach nur aus Trotz. Hin und wieder ist es aber angebracht, sich von lieb gewonnenen Sturköpfigkeiten zu verabschieden. So geschehen im diesjährigen Sommerurlaub. Über viele Jahre hinweg habe ich mich standhaft geweigert, diese Dinger anzuziehen. Diese zehenspreizenden Knochenbrecher, diese Assi-Latschen, wie ich sie immer wieder gerne verspottet habe, wohl wissend, dass meine mittlerweile zerfledderten „Adiletten" auch nicht unbedingt der Schuhmode größter Coup sind. Ich persönlich verbinde mit Flip-Flops aber nun mal stets grell geschminkte „Tussis" in neonfarbenen Hotpants, die damit in Griechenland-, Türkei- oder Spanienurlauben über felsige Ausgrabungsstätten staksen oder kaugummikauend durch ehrwürdige Kirchen schlurfen. Wer nimmt da schon Rücksicht auf Kulturerbe? Oder aber sie rasen – wie im vergangenen Sommer selbst mehrfach erlebt – auf Rent-a-Quad-Maschinen in ultraknappen Bikinis, geklammert an einen oberteilfreien Berufsmacker, durch die kretischen Berge. Ganz ehrlich, meine Frau und ich kamen uns schon etwas spießig vor. Zu zweit auf unserer 50er-Vespa, eingecremt mit Sonnenschutzfaktor 80 und dennoch vollständig angezogen, inklusive festen Schuhwerks und – ich traue es mich kaum zu sagen – mit Helm. Dazu drei Landkarten, zwei Handys, zwei Lunchpakete und eine Vollkaskoversicherung. Ich kann nicht verhehlen, dass ich einigen dieser uns hämisch-grinsend überholenden Fun-Quad-Fahrer einen kleinen, aber feinen Sturz in der nächsten engen Bergkurve an den Hals gewünscht habe, einhergehend mit ein paar eitrig-hässlichen Schürfwunden auf ihren ach so tollen Körpern. Nach dem dritten dieser Flüche blieben meine Frau und ich bei dem Anstieg auf die Lasithi-Hochebene auf halber Bergstrecke mit einem Reifenschaden liegen. Kleine Sünden ... Sie kennen den Spruch. Die sieben Kilometer lange Abfahrt mit gut 140 Kilo auf der schlingernden Hinterfelge in den nächsten Ort sowie die zweieinhalb Stunden Wartezeit auf den Service des Motorbike-Verleihs im sengenden Mittagsschatten einer Tankstellenbruchbude waren Buße genug.

Aber zurück zu den Schuhen. Einmal mehr hatte ich im Vorfeld des Urlaubs die Hinweise meiner Frau ignoriert, „frühzeitig" (wie sie immer sagt) zu schauen, ob ich alles Notwendige an Klamotten beisammen hatte. So war es dann etwas spät, als ich am Vorabend des Abflugs das Fehlen eines Paars pflegeleichter Strandlatschen feststellte. Da konnte mir auch keine rund um die Uhr geöffnete Tankstelle aus der Patsche helfen.

Am Urlaubsort angekommen, stellte sich sehr schnell heraus, dass eben diese Latschen auf glühend heißem Sand unabdingbar waren. Barfuß musste man sehr flink sein oder es roch schnell nach angeschmurgelter Hornhaut. Also schaute ich mich am Nachmittag bei einem ersten Ortsbummel nach Abhilfe um. Zum

Glück gab es schon wenige Minuten die Promenade hinunter jede Menge für die Bedürfnisse vergesslicher Touristen ausgestattete Supermärkte. Während ich begann, mich nach praktischen Gummimauken umzuschauen, traktierte mich meine Frau – wie schon Tausende Male zuvor – mit den angeblichen Vorteilen dieser Flip-Flops und dass sie viel angesagter, viel hipper, viel jugendlicher seien. Bislang waren solche Pseudoargumente stets erfolgreich an mir abgeprallt. Warum sollte ich mir freiwillig dicke Seilstücke, breite Stoffbänder oder wulstige Gummipfropfen zwischen den großen Onkel und den zweiten Zeh rammen? Leider gestaltete sich meine Suche als schwierig, weil 95 Prozent des Angebots aus Flip-Flops in allen erdenklichen Varianten bestand und der Rest an „normalen" Badelatschen meist nur bis Größe 45 vorrätig war. Im vierten Geschäft dann endlich ein Glückstreffer. Ich schlüpfte in ein paar bequeme Plastik-Galoschen Größe 46 in einem zeitlosen Beige. Die passten leidlich und waren zudem noch fünf Euro günstiger als die billigsten Flip-Flops. Nun war es für meine Frau an der Zeit, ihren süffisanten Standardsatz abzufeuern, den sie immer sagt, wenn sie mich – als letzten Rettungsversuch – final am Kauf eines in ihren Augen unerträglichen Kleidungstücks hindern möchte: „Genau richtig für deinen Vater ..." Tse, das sagte ausgerechnet die Frau, die gerade mit landfrauentauglichen Gesundheitssandalen samt passgenauen Bandscheibeneinlagen unterwegs war. Egal. Die Hauptsache war, dass ich endlich fündig geworden war und die Shoppingtour stante pede beendet werden konnte.

In diesem Moment des kurzen Glücks trat eine junge, gut aussehende griechische Verkäuferin an uns heran und fragte, ob sie helfen könne. Ich schüttelte beseelt den Kopf, sie aber antizipierte sofort, was meine Frau von meiner Latschen-Wahl hielt. Schließlich sagte die Verkäuferin diesen einen Satz, der alles änderte. In gebrochenem Englisch, aber völlig unmissverständlich.

„Sorry, but I can't believe, how young people can wear those shoes." Parallel griff sie mir zielsicher ein paar Flip-Flops Größe 46 aus dem Regal. Hatte sie wirklich „young people" gesagt? Zu mir? Einem 46-Jährigen? Wow!

So verließ ich diesen Markt also in den ersten Flip-Flops meines Lebens und gefühlte 20 Jahre jünger. „Ich glaube es nicht. Da muss also erst eine attraktive Griechin daherkommen und dir Honig ums Maul schmieren, dass du ein paar Flip-Flop kaufst, ich fass es nicht", rang meine Frau noch auf dem Heimweg zum Hotel um Fassung. Dort angekommen, informierte ich meinen mitgereisten Vater am Pool über ein paar wirklich bequeme, beige Gummitreter in einem nahegelegenen Geschäft. „Du suchst doch auch noch welche. Die würden dir bestimmt gut stehen, Papa." Erst jetzt blickte ich auf seine Füße. „Dein Vater fühlt sich heute 30 Jahre jünger, Martin."

7
Give-away

In der allerersten Folge dieser Reihe widmete ich mich dem häufig massiv verminten Mikrokosmos eines Kindergeburtstags, wobei es damals vorwiegend um ernährungsphilosophische Aspekte ging. Nun möchte ich thematisch zurückkehren, mich diesmal aber mehr dem immer weiter zunehmenden Sozialdruck rund um die alljährlich stattfindenden Kinderevents widmen.

Nachdem ich selbst etwa 15 dieser semivergnüglichen Veranstaltungen in den Knochen habe, ist es nun an der Zeit, ein vorläufiges Entertainment-Fazit zu ziehen, nicht ohne dabei einige Fragen aufzuwerfen, wie immer ohne echte Namen, aber mit echten Personen im Hinterkopf.

Erste Frage: Welcher Teufel hat euch pseudo-antiautoritäre Eltern geritten, zum Geburtstag eures Vierjährigen die komplette Kitagruppe einzuladen? Ja, ich weiß, das war der ausdrückliche Wunsch eures Sohnemanns. Wahrscheinlich gebt ihr ihm auch Cola zum Frühstück und lasst ihn dabei die Gemetzelserie „Game of thrones" schauen. Was bitte spricht gegen die gute alte Faustregel: So viel Jahre du wirst, so viele Kinder darfst du einladen? Da hat man als Eltern doch wenigstens die reelle Chance, eventmäßig mitzuwachsen. Ich habe ja einen vagen Verdacht, warum sich manche Eltern nicht daran halten. Sie „erkaufen" sich damit nämlich Gegeneinladungen. Ja, denn nach wie vor ist es hier bei uns auf dem Dorf Usus, in der Regel die

Kinder einzuladen, auf deren Feiern auch das eigene Kind zu Gast war. Die mittelfristigen Folgen einer solchen unbedachten Kollektiveinladung sind aber fatal, denn sie setzt andere Eltern unter Druck, es auch so zu handhaben. Dies wiederum zieht dann eine Art soziale Kettenreaktion nach sich, die dazu geführt hat, dass unsere jüngere Tochter heute im Schnitt alle vier Tage auf einem Geburtstag mit etwa 35 Kindern eingeladen ist. Wirklich schön ist das nicht.

Aber widmen wir uns statt quantitativen nun den qualitativen Aspekten, sprich der Gestaltung dieser Geburtstagsfeiern. Auch hierbei ist in den letzten Jahren offenbar ein regelrechter Wettbewerb darum ausgebrochen, wer den außergewöhnlichsten, aufwendigsten oder zumindest kostspieligsten Kinderevent zu bieten hat. Zu Hause feiern ist verpönt, weil völlig „old school". Hip ist es heute, wahlweise hektargroße Grillplätze mit integrierten Hüpfburgen, 4-D-Kinosäle mit Popcorn- und Nacho-Flatrate oder spektakuläre Freizeitparks mit angegliederten Schlechtwetter-Eventhallen zu buchen. Oder, wie ich neulich irgendwo hörte, in eine Halle zu fahren, in der sich Kids mit Laserstrahlen beschießen. Das Ganze – bei 15 Kindern und einer Spiellänge von gerade mal 30 Minuten – für schlappe 170 Euro. Ohne Essen, ohne Getränke, ohne Sinn, ohne uns.

Wir hingegen wanderten am Kindergeburtstag der Achtjährigen – wie in diesem Alter mit der großen Tochter auch – auf den Hausbergturm, um dort zu picknicken und einige Spiele anzubieten. Nein, kein Kinder-Bungee, kein Survival-Schrenzer-Camp, auch kein Adventure-Geocaching, sondern so etwas Abgefahrenes wie „Eierlaufen" und „Wer hat Angst vorm maximal pigmentierten Mann", wie es im Zeitalter überkorrekter „political correctnes" heißen muss. Und, man mag es ja kaum glauben, es hat allen Kindern Spaß gemacht. Nur die 14-jährige große Schwester, die wir als zusätzliche Begleitperson gebucht hatten, motzte ob des kargen Mindestlohns von 8 Euro 70.

Zu guter Letzt möchte ich noch einen dritten und letzten Punkt rund um Kindergeburtstage ansprechen, der mir Jahr für Jahr Kopfzerbrechen bereitet: die Give-aways. Wer bitteschön hat diese absolut überflüssige Unsitte eigentlich erfunden? Wahrscheinlich ein walldorfschulgeprägter Diplom-Pädagoge, der es „nicht so OK" fand, dass geschickte Kinder bei den Geburtstagsspielen einen Extra-Kaugummi als Trophäe absahnten, während motorisch Minderbegabte in der Regel leer ausgingen. Tja, früher durfte es halt noch echte Verlierer geben. Heute nennt man das „Opfer", und alle ziehen pädagogisch besorgt die Augenbrauen hoch. Nein, heute wird strikt darauf geachtet, dass das alle Kinderlein „gaaanz, gaaanz toll gemacht" haben. Auch die Bewegungslegastheniker, die beim Topfschlagen im Wohnzimmer nicht nur die Vitrine, sondern auch die neuen BOSE-Lautsprecherboxen zertrümmert haben. Nein, heute verlässt keiner das Geburtstagshaus als Opfer oder Verlierer. Heute – im Zeitalter der Gleichmacherei – bekommen ALLE Kinder zum Abschied ein identisch befülltes Give-away-Beutelchen. Was da allerdings manche Eltern heutzutage reinpacken, ist eigentlich ein Kolumnenthema für sich. Auch zum Ende des großen Kinderevents geht es vielen Eltern noch einmal ganz explizit darum, besonders zu sein, sich abzuheben von anderen. Da reichen keine zwei, drei kleinen Süßigkeiten als Abschiedsgruß, nein, im Beutel landen heute zum Teil mehrere ausgefallene Spielsachen, extravagante Stifte oder bei Mädchen gerne auch erste Schminkutensilien. Ganz ehrlich, ich habe Kindergeburtstage erlebt, da überstieg der Wert des erhaltenen Give-away-Beutels den des überreichten Geschenks um ein Vielfaches. Das sind Momente, in denen ich mich schon mal frage, was für einen Blödsinn wir Eltern doch manchmal so mitmachen. Aber so ist es nun mal, wenn man Kinder hat, entweder man spielt das Spielchen mit oder ist der Oberspießer. Dazwischen gibt es nichts.

Das hört auch nicht auf, wenn Kinder größer werden. Lassen Sie sich damit aber nicht von ihren Kindern unter Druck setzen. Sie alle kennen diese Bluff-Sätze: „Alle außer mit haben schon das I-Phone 7", „keiner außer mir muss schon um 22 Uhr zu Hause sein" oder eben „ich bin die Einzige, die an ihrem 15. Geburtstag immer noch Topfschlagen auf dem Hausberg spielen lässt und Lillifee-Kaugummis in rosa Give-away-Beutel verteilt". Ich weiß gar nicht, was sie hat, unsere große Tochter. Immerhin durfte sie 15 Gäste zur Freiluftparty einladen, wer kann das schon von sich behaupten? Dass zur lustigen Feier auf den Hausberg nur drei Mädchen kamen, von denen eine ihre Schwester und die anderen beiden ihre sechsjährigen Cousinen waren, ist ja nicht unser Problem, oder?

8
Geschi und Musi

Das nächste Zeugnis meiner großen Tochter wird besser. Das steht schon nach wenigen Tagen des neuen Schuljahres fest, da bei ihr in Klasse 8 nun turnusgemäß die Fächer Kunst und Chemie gegen Musik und Geschichte eingetauscht wurden, beides vergleichsweise Paradedisziplinen meiner Großen. Da kommt sie so gar nicht nach mir. Letztens gestand ich ihr, dass ich als Schüler – in einer nicht unbedingt ruhmreichen Pubertätsphase – demonstrativ desinteressiert (um ehrlich zu sein: Walkman hörend) in der hintersten Klassenecke des Musikunterrichts hockte und mich unsichtbar stellte. Über Wochen hinweg. Meine damaligen Lehrer mögen mir bitte verzeihen. Aber ganz ehrlich, hätte ich Lust auf eine „Fugenanalyse" gehabt, wäre ich nach der 10. Klasse abgegangen und hätte eine Ausbildung zum Fliesenleger gemacht. Zudem hatte ich dummerweise beim Notenlesen nach dem eingestrichenen C den Anschluss verpasst und so waren die versetzt aufgemalten Punkte auf diesen fünf Linien immer schon böhmische Dörfer für mich. Bis heute. Ich fand, trendige Musik von Depeche Mode, Erasure oder A-ha auf den Ohren zu haben, sei der viel bessere Musikunterricht als öden Fugenmotiven des 18. Jahrhunderts auf die Schliche zu kommen. Entsprechend begeistert nahm ich irgendwann die Kopfhörer ab, als unser Musiklehrer zum ersten Mal eines dieser neuen Wunderdinger mit in den Unterricht brachte. Eines dieser sagenumwobenen Geräte, mit denen all meine Popmusikhelden ihre Songs bastelten. Einen Synthesizer. Leider waren die „Synthies" aber um Welten zu teuer für mich. Mich, der zwar seine eigene Musik machen wollte, aber zu faul war, die Noten zu lernen oder Keyboardunterricht zu nehmen.

So viel zur Rubrik: „Was würde ich in einem nächsten Leben anders machen?" Immerhin habe ich mir und meinem Umfeld Jahre später bewiesen, dass man auch ohne Noten lesen zu können oder ein Instrument zu beherrschen Musik komponieren und arrangieren kann.

Nun aber zum zweiten Fach, in dem mir meine Tochter meilenweit überlegen ist: Geschichte. Auch der Geschichtsunterricht und ich sind während meiner Schullaufbahn weitestgehend getrennte Wege gegangen. Um meine verlorene historische Seele noch zu retten, hat mir die Ironie des Schicksals Jahre später eine Geschichtslehrerin als Ehefrau an meine Seite gestellt. Immer, wenn sie mir einige Stilblüten aus den Geschichtsarbeiten ihrer Schüler vorträgt („Früher wurden in Frankreich die Menschen mit der Gelatine hingerichtet"), schau ich nur betreten unter mich, denn vieles davon hätte damals 1:1 genauso von mir stammen können. Ja, Musik, Kunst und Geschichte waren Fächer, in denen ich mich irgendwie durchmogelte.

Schon damals besaß ich aber das Talent, mir recht kreativ zumindest das Notwendigste aus den Fingern zu saugen. Sie wissen schon, Kompetenz suggerieren ohne Ende, aber inhaltlich flach und fad wie Knäckebrot. Hm, Moment mal, warum bin ich eigentlich kein

Politiker geworden ...? Egal. Fakt ist, meine Frau hätte als gewissenhafte und strukturierte Gesichtslehrerin mit mir als schwadronierendem Schüler voller löchrigem Viertelwissen sicherlich keine Freude gehabt. Mir wäre es durchaus zuzutrauen gewesen, zu den Adelsgeschlechtern der Merowinger und der Karolinger auch noch die Trollinger zu benennen, von der Walnuss-Schlacht im Teutonischen Wald zu berichten oder die 333-bei-Issos-Keilerei für ein Handgemenge vor dem griechischen Lokal um die Ecke zu halten. Nach und nach ist es meiner Frau aber gelungen, mich immer mehr für Geschichte zu interessieren. Es gipfelte darin, dass ich mit ihr zuletzt freiwillig (und ohne Auslobung besonderer Belohnungen) im Adenauer-Haus, im Willy-Brandt-Forum und im Bonner „Haus der Geschichte" war, einem wirklich beeindruckend gestalteten, modernen und lebendigen Museum. Man kann es nur empfehlen, wir werden demnächst noch einmal mit unseren Kindern dorthin fahren. Sie vielleicht auch? Schließlich wollen wir doch alle vermeiden, dass unsere Kinder nassforsch behaupten, der Prager Fenstersturz hätte „irgendwas mit Genscher" zu tun oder im Rahmen einer Geschichtsarbeit folgenden Satz ins Heft schreiben: „Die Welt horchte auf, als Luther 1517 in Wittenberg seine 95 Prothesen an die Schlosskirche schlug."

9
Schmusie

Früher war mehr schwarz-weiß. Nicht nur im Fernseher, nein, so generell, meine ich. Das heißt nicht, dass alles besser war. Manchmal vereinfacht aber ein knappes Angebot Entscheidungsprozesse ungemein. Damals hatte man beim Bäcker noch nicht die Wahl zwischen 78 verschiedenen Brotsorten aus 23 unterschiedlichen Getreidearten. Und auch ein Kaffee war früher schlicht ein Kaffee und noch keine Lebensphilosophie in 35 Zubereitungsvarianten.

Oder anders: Eine Latte war bei uns Jungs früher schlicht und ergreifend der morsche Querbalken zwischen den maroden Pfosten auf unserem Bolzplatz. Okay, zugegeben, beim BRAVO-Lesen war sie auch hin und wieder das andere, Sie wissen schon. Nein, früher standen oft exakt zwei Optionen zur Debatte. Im Fußball war man Anfang der Achtziger entweder Bayern- oder HSV-Fan, in der Schule schrieb man wahlweise mit Pelikan oder GEHA und in Sachen Kaugummi gab es die „Double Bubble“- und die „Bazooka-Joe“-Fraktion. Früher ging man ins Geschäft und kaufte eine Limo und konnte zwischen Orangen- oder Zitronengeschmack wählen, später dann zwischen COLA, FANTA oder SPRITE. Heute hingegen kann es passieren, dass man sich mit seinem Einkaufswagen in endlosen, palettengepflasterten Getränkegängen voller Softdrinks, Saftschorlen und anderer Mixgetränke schlichtweg verliert. Nicht eine noch so blödsinnige Frucht, aus der alteingesessene Konzerne oder trendige Biounternehmen keine Brausenschorle herstellen. Waldbeerenschorle, Kirsch-Bananen-Schorle, Streuobstwiesenschorle, Rhabarberschorle oder gar eine „Kokoswasserschorle mit Maracuja & Zitrone“ findet man da, um nur die einigermaßen genießbaren zu nennen. Sicher ist die Herstellung einer „Rindenmulchwasserschorle mit Brennnessel & Löwenzahn“ nur noch eine Frage der Zeit. Obwohl, nein, solche Zutaten landen heute nicht mehr in einer Schorle, dafür hat die Getränkeindustrie schon längst ein neues, hippes Produkt erfunden, in das alles hineinkommt, was für eine Schorle dann doch zu abgefahren wäre. Genau, all das wandert heute feucht-fröhlich in den „Smoothie“, so wie früher die lustigen Gemüsefigürchen aus der „Bonduelle“-Werbung in die Dose gehüpft sind. Der Smoothie – oder wie ich gerne zungenschonend sage „Schmusie“ – ist nun also die ultimative Verwertungsendlösung für Obst, Gemüse und wer weiß was noch. Da wird fleißig zusammengebraut, was niemals zusammengehört. Damit es beim Trinken nicht wehtut, wird es zuvor ordentlich zerkleinert, anschließend ein cooler Name erfunden, ein smartes Etikett draufgeklebt und überall propagiert, dass dieser „Smoothie“ nun aber wirklich der Gesundheitsweisheit letzter Schluss ist. Ganz besonders gefährlich erscheinen mir diese giftgrünen Drinkvarianten, in denen sich Sachen tummeln, die bis vor zehn Jahren kein Mensch klaren Verstandes freiwillig als Getränk zu sich genommen hätte: Grünkohl, Brennnessel, Spinat und Eisbergsalat. Die Obstsmoothies erscheinen mir da noch vergleichsweise harmlos, auch wenn sich darin Dinge finden, die ich im Leben noch nicht gehört, geschweige denn gegessen oder getrunken habe. Acai, Guave und Jackfrucht zum Beispiel. Was die Wirkungsweise angeht, wird aber vor allem dem grünen Trinkbrei Unglaubliches, ja fast Mystisches nachgesagt, denn er enthält *„sekundäre Pflanzenstoffe, wie zum Beispiel Chlorophyll, den grünen Pflanzenfarbstoff, der einen wichtigen Beitrag zu Gesundheit und Wohlbefinden leistet“*, so liest man auf der Internetseite www.gruene-smoothies.info, ehe sich die Werbeanzeige eines Herstellers anschließt: „2 Kilo abnehmen in einer Woche mit grünen Smoothies.“ Ach! Ja, wenn das so ist! Ich kämpfe ja stets mit ein paar Kilos zu viel. Das käme mir gerade recht. Dafür würge ich mir gerne die grüne Pampe hinunter. Mehrmals am Tag, wenn es sein muss. Chlorophyllhaltiges Nutzmaterial habe ich als Haus-mit-Garten-Besitzer in Hülle und Fülle, da wäre ich figurmäßig noch vor Weihnachten nicht mehr als ein Strich in der Landschaft. Cool. Wissen Sie was, die Idee gefällt mir so gut, dass ich mich damit gleich morgen bei der VOX-Sendung „Die Höhle der Löwen“ bewerbe. Irgend so ein reicher Investor-Trottel wird bestimmt mit einem großen Batzen Geld bei mir einsteigen. Sollte diese Kolumnenreihe also urplötzlich kommentarlos von der Zeitungsbildfläche verschwinden, wissen Sie, dass ich nun in Rasenschnitt-Smoothies mache. Sollte die Idee aber in der Biotonne landen, was ich für wahrscheinlicher halte, melde ich mich nächste Woche wieder. Kein Gramm schlanker, versprochen.

10
Humortest

„Papa, ist dein Beruf eigentlich normal?" Ich liebe diese kindlichen Fragen, denn nur Kinder sind in der Lage, Dinge, die ihnen merkwürdig vorkommen, schonungslos anzusprechen, ohne jede Zurückhaltung oder Verklemmtheit. „Für mich ist er normal", antworte ich wahrheitsgemäß, wohl wissend, dass ich zu Beginn meines Berufslebens als selbstständiger Künstler immer wieder Freunden, Bekannten, Verwandten und allen voran natürlich meinen Eltern erklären musste, warum ich in Gottes Namen mein Studium abbreche, um nun „Kabarettist" zu sein.

Das Ganze in einer Zeit, als es den Begriff und den Berufsstand des „Comedian" noch gar nicht gab. Ich bin mir sicher, als ich vor etwa 15 Jahren mit meiner Frau hier in dieses Dorf gezogen bin, mutete es einige Nachbarn schon merkwürdig an, dass bei uns eben nicht der Mann morgens um 7:25 Uhr das Haus verließ, sondern die Frau, während ich es war, der unter der Woche ein ums andere Mal die Postpakete für die ganze Straße annahm und aus dessen Küche es gegen 13 Uhr lecker nach Essen roch. Was ich jenseits davon den ganzen Vormittag hier im Haus getrieben habe, blieb für viele rätselhaft, in einer Zeit, als es auch den Begriff „Homeoffice" noch nicht gab. Als ich dann aber wieder einmal für vier oder fünf Tage am Stück unterwegs zu Auftritten war, vermuteten sicher schon einige Pessimisten (ggf. auch Optimisten), dass ich ausgezogen wäre.

Meinen Töchtern habe ich früher meinen Beruf übrigens stets so erklärt: „Der Papa ist so eine Art Clown für Erwachsene.“ Da ich Humor nicht nur von Berufs wegen, sondern auch innerhalb der Familie sehr schätze, war es zum Beispiel auch dringend notwendig, unseren Kindern ganz früh zu erklären, was „Ironie“ bedeutet und wie Mama es meint, wenn sie zu Papa sagt: „Na, du siehst ja wieder ganz toll aus ...“

Während Kinder erst nach und nach ihren eigenen Humor entwickeln, ist es bei angehenden Beziehungen oder Partnerschaften wichtig, recht schnell herauszufinden, ob der Partner humormäßig auf der gleichen Wellenlänge funkt. Erst letztens habe ich meinen beiden Kindern erzählt, wie ich vor vielen Jahren meine damalige Freundin (und jetzige Frau) einem spontanen und – zugegeben – nicht ganz risikoarmen Humortest unterzogen habe. Es war eines unserer ersten Rendezvous, ich war gute 18, sie gerade 17, als ich sie zu einer Spritztour zum Eisessen nach Bad Nauheim einlud. Unterwegs im Auto bat sie mich, auf halbem Wege umzukehren, da sie ihre Geldbörse vergessen habe. Ich wiegelte ab, da ich sie ja einladen wollte. Nachdem wir unsere Eisbecher gegessen hatten, rief ich nach dem Kellner, der das sagte, was bis heute zum Standardrepertoire eines Kellners gehört: „Getrennt oder zusammen?“ Meine Freundin schaute zu mir und ich sagte: „Getrennt“. Sogleich schoss meiner Freundin die Röte ins Gesicht, beteuerte, dass sie doch kein Geld dabei habe, und stammelte verlegen vor sich hin. Ich hingegen spielte meine kleine Rolle weiter und sagte ziemlich gönnerhaft und auch für die Tische um uns herum noch gut verständlich: „Ist ja klar, Schatz, dass ich wieder bezahlen muss, wie immer ... “

Ich weiß auch nicht, welcher Teufel mich damals geritten hat, wahrscheinlich wollte ich sowohl ihre als auch die Reaktion des Kellners und der Leute um uns herum austesten. Heute können wir über diese Szene herzhaft lachen, damals dauerte es aber einige Stunden, bis sich meine Freundin wieder beruhigt hatte. Nie im Leben wäre ihr etwas so Peinliches passiert, kurzum, sie war stinksauer. Noch heute schwört sie, dass sie, wenn ihre Eltern zu Hause gewesen wären, dort angerufen und sich hätte abholen lassen.

Was lernen wir daraus? Auch in einer Beziehung muss das Pflänzchen „Humor“ ganz behutsam heranwachsen, um eine feste Größe zu werden. „Papa, das war echt das Allerletzte“, kommentierte meine große Tochter diese Story und hat natürlich recht. Auf der anderen Seite: Der Gesichtsausdruck meiner Frau, als ich sagte „getrennt“, war unbezahlbar. Getrennt haben wir uns danach zwar nicht, aber bis heute stand unsere Beziehung nie mehr so knapp vor dem Aus wie an diesem Sonntagnachmittag in Bad Nauheim.

11
Tee-Time

Bevor es heute sozusagen tee-matisch um aufgebrühte Blätter oder Beeren gehen soll, hier noch ein kurzer Nachtrag zur Kaffee-Kolumne von vor einigen Wochen. Just eine Stunde nach Abgabe meiner Humor-Zeilen bei der Zeitung drückte mir meine Frau ein Lifestyle-Magazin in die Hand, das mir vor Augen führte, wie wenig up to date mein Text doch war. Der Trend zu megateuren Hightech-Maschinen ist offenbar schon kalter Kaffee. Wie bei vielen anderen Strömungen ist nun offenbar auch in der Welt der Röstbohnen das eingetreten, was häufig passiert, wenn man Trends nicht mehr toppen kann. Wenn alles ausgereizt ist, wird nämlich kurzerhand die Rückbesinnung auf das Einfache, das Ursprüngliche als nächster trendiger Kult proklamiert.

Konkret ging es in diesem Artikel – ich dachte, ich lese nicht richtig – um „Hand-Brew-Coffee". Ja, richtig übersetzt, um eigenhändig aufgebrühten Kaffee wie zu Großmutters Zeiten. Mit Keramikfilter und kochendem Wasser aus dem auf dem guten alten Küchenherd erwärmten Kessel. Das ist so dermaßen retro, dass man auf YouTube jungen Hipstern in Video-Tutorials zeigen muss, wie das funktioniert. Irre, was für meine Oma tägliche Routine war, ist für die Nerds von heute schon fast ein Abenteuer. So viel als Nachtrag zum Kaffee, nun ist aber „Tee-Time."

Obwohl ich zu meiner Schande gestehen muss, dass ich eigentlich gar kein großer Teetrinker bin. Lediglich einen Waldbeerentee lasse ich mir bei herbstlichem Wetter mitunter schmecken. Wenn bei mir aber honiggetränkter Pfefferminz- oder Ingwertee auf dem Tisch steht, ist das für meine Familie das untrügliche Zeichen dafür, dass ich richtig krank bin. Trinke ich sogar freiwillig Kamillentee, kann meine Familie getrost schon mal beim Bestatter nach Terminen fragen.

Glaubt man aber einschlägigen Werbeanzeigen oder TV-Spots für sogenannte Wellnesstees, hätte weder die sich anbahnende Erkältung noch die durchschlagende Magenverstimmung oder die krächzende Stimmlosigkeit wirklich zwingend sein müssen. Durchaus interessiert vertiefe ich meine Tee-Recherche, besuche einige einschlägige Achtsamkeits- und Wohlfühl-Internetseiten und stelle fest, dass die Wirkung solcher Tees offenbar gezielter und punktgenauer eintritt, als ich bisher dachte. Hat man die innere Bereitschaft, dies zu glauben, können Stress, Unwohlsein und allerlei andere Zipperlein im Vorfeld prophylaktisch mit Tees weggetrunken werden.

Hier nun für Sie und ihre werte Gesundheit eine kleine Auswahl an Wirkungstees. Alle kursiv geschriebenen Tees gibt es wirklich. Zu Risiken und Nebenwirkungen fragen Sie ... jeden, nur nicht mich. Los geht´s: Kratzt der Hals, hilft der *Halswärmertee*, spielt meine Lieblingsfußballmannschaft ein wichtiges Champions-League-Spiel, schlürfe ich vor Spielbeginn einen großen Becher *Gutes Bauchgefühl*. Gab es in der Halbzeit Bier und Zaziki, gehe ich am nächsten Morgen nicht unter zwei Tassen *Yogi Atem* und einer Kanne *Mords-Kater*-Tee aus dem Haus. Finde ich – wie letzte

Woche tatsächlich passiert – in der Ersatzschultasche meiner großen Tochter eine Pausenbrotbox von noch vor den Sommerferien (mit mittlerweile mumifiziertem Inhalt), brühe ich mir – statt komplett auszurasten – schnell eine Tasse *Die Ruhe selbst*. Aber auch das Liebesleben kann durch den richtigen Tee ganz gezielt beeinflusst werden: Hapert es im Bett, gibt es vorab eine Portion *Lov' is beautiful*, sodass nach ereignisreicher Nacht als Belohnung eine Tasse *Sinnlicher Morgen des Tigers* winkt. Und sollte ich irgendwann mal bei Günther Jauchs Millionär-Show dabei sein, würde ich im Vorfeld natürlich literweise *Inneres Wissen* trinken. Ganz ehrlich, ich weiß nicht, was mit mir passieren muss, damit ich mir bei klarem Verstand einen Tee namens *Inneres Wissen* einflöße. Zumal mein Inneres ohnehin weiß, dass ich nach zwei Tassen Tee mindestens viermal aufs Klo muss. Nicht auszudenken, tränke ich mehrere Tassen des harnfördernden „Lass-laufen-Junge"-Tees. Okay, zugegeben, diese Sorte habe ich mir ausgedacht. Realität sind aber folgende, gezielt auf die Damenwelt ausgerichtete, blumige Teesorten: *Heißer Hugo*, *Kleiner Flirt* oder *Stundenlang quatschen*. Spezielle Männertees hingegen habe ich im Rahmen meiner Recherche bis auf eine Ausnahme nicht gefunden, woraus ich schließe, dass dies eine riesige Marktlücke sein könnte. Meinen Sie nicht auch, dass sich Tees mit vielversprechenden Namen wie „Heute ist Bundesliga", „Damit treffe ich immer den Hammer" oder „Wie geil ist eigentlich mein getunter Polo" bestens verkaufen würden? So gut wie der von mir nicht ausgedachte, sondern wirklich existierende *Herbsttee Karl-Heinz?*

Sehen Sie: Und das ist der Punkt, an dem der Humorist nicht mehr weiß, wie er da satirisch noch einen draufsetzen soll. Außer vielleicht mit der Frage, warum ein großes deutsches Telefon- und Internetunternehmen nicht schon längst auf die Merchandising-Idee gekommen ist, einen speziellen „Tee Mobile" für unterwegs zu produzieren und diesen samt magentafarbenem Reise-T-Kesselchen und einer abgepackten T-Wurst über die Adresse tee-online@t-online.de zu vermarkten? Bevor Sie nun aber denken, der Guth hat einen im Tee, höre ich liebe auf und lass mich ziehn.

12
Klo-Wellness

Früher dachte ich, Autos mit über 100 000 gefahrenen Kilometern seien durchweg klapprige, alte Rostlauben, die nur von wirklich armen Menschen gefahren werden. Wie sich die Zeiten, aber auch die Sichtweisen ändern. Letzte Woche hat mein treues PS-Gefährt die magische Marke von 200 000 Kilometern durchbrochen und es gibt keinerlei Gründe, an seiner Zuverlässigkeit zu zweifeln, ebenso wie an meiner Solvenz. Der hohe Kilometerstand meines erst neun Jahre alten Autos erklärt sich durch meine vielen, oft auch sehr langen Fahrten zu Auftritten.

Seitdem ich vor fast 25 Jahren begonnen habe, hauptberuflich kreuz und quer durch die Lande zu touren, habe ich – grob überschlagen – gut eine Dreiviertelmillion Autobahnkilometer zurückgelegt. Was dabei naturgemäß nicht ausbleibt, sind unzählige Raststättenbesuche unterschiedlichster Güteklasse: von größeren Blechboxen ohne Frischluftzufuhr bis hin zur topmodernen Luxus-Oase, die man in den letzten Jahren erfreulich häufig antrifft. Ja, mittlerweile finden Sie an guten Tank-und-Rast-Anlagen fast alles, was das Konsumherz begehrt, darunter Filialen aller bekannten Fastfood-Ketten, Zeitungen und Magazine aus halb Europa, Hörbücher, Verbindungs- und Ladegeräte für Handys bis hin zu unverschämt teuren Kaffeespezialitäten.

Auch die Toiletten sind dort heute schon fast Wellness-Tempel, denn dort erwartet den Besucher entspannende Chill-out-Musik, durchsetzt mit dem harnfördernden Sound plätschernden Wassers. „Herzlich willkommen bei *Sanifair*. Wir haben unser Bestmögliches dafür getan, damit Sie sich bei uns wohlfühlen", säuselt es meditativ aus der Decke. Tja, auch auf dem Autobahnklo haben sich die Zeiten geändert: Früher sind wir da hinein, um zu pinkeln, heute, um uns wohlzufühlen. Alles ist Wellness. Und Entertainment. Wir Männer dürfen zum Beispiel bei *Sanifair* am Pissoir eine dort aufgemalte kleine Flamme als gedachtes „Löschobjekt" ins Visier nehmen. Hintergrund dieses netten Gimmicks ist, dass man uns Männern offenbar nicht zutraut, einigermaßen geradeaus zu püschern.

Noch interessanter in Sachen Luxusausstattung wird es aber in den Kabinen. Hier bekommt der geneigte Stuhlgänger deutlich mehr an Luxus geboten als in jedem Hotel oder gar zu Hause, denn ich kenne niemanden, der eine dieser futuristisch anmutenden, automatischen und sich selbst reinigenden Klobrillen bei sich im Eigenheim verbaut hat. Mich persönlich fasziniert eine derart pragmatische Technik eminent, und wann immer ich ein paar Minuten Zeit habe, lasse ich die Klobrille sogar mehrmals laufen. Das Ganze natürlich, während ich draufsitze, denn das reinigt gleich doppelt. Jetzt wird der eine oder andere von Ihnen sagen: „Ja, Moment mal, es ist doch selbstverständlich, dass moderne Toiletten so toll ausgestattet sind, immerhin müssen wir bei *Sanifair* unverschämte 70 Cent Eintritt zahlen." Das stimmt, aber im Gegensatz zu anderen Wellnessresorts dürfen Sie dort dafür auch so lange bleiben, wie Sie möchten. Zudem ist immerhin für kleine Kinder die Benutzung der *Sanifair*-Lounge umsonst. Sie kennen sicher diese auf etwa ein Meter Höhe ausgeschnittenen Holztüren, durch die die Kleinen kostenfrei huschen können.

Ziehen Sie aber immer in Erwägung, dass Ihr Kind seit der letzten Reise einen Wachstumsschub erlitten haben könnte und so womöglich gedankenverloren ungebremst mit der Stirn gegen die obere Holzbegrenzung brettert. Sollte dies passieren, nutzen Sie umgehend den im Toilettenfoyer installierten Defibrillator. Wie man damit umgeht? Nun ja, Sie haben recht, zu Zeiten Ihres letzten Erste-Hilfe-Kurses anno 1985 gab es ein solches Gerät noch nicht, insofern wäre eine Kursauffrischung nicht das Falscheste.

Eines aber hat sich seit den Achtzigern so gar nicht verändert. Auf dem Männerklo hängen immer noch die guten alten Kondomautomaten. Zum Teil überaus anschaulich platziert, direkt über dem Kinderwaschbecken. Daher ist es auch weder anzüglich noch „schmuddelig" an dieser Stelle darüber zu berichten, zumal heute ja Kondompäckchen bei ALDI an der Kasse in Süßigkeitenhöhe ausliegen, direkt neben dem Produkt „Wunder-Baum" – ob das wohl wirklich nur ein Zufall ist? Das Sortiment dieser Kondomautomaten hat sich allerdings in den letzten Jahren deutlich erweitert. Darauf wies mich vor einiger Zeit ein kleiner Steppke beim Händewaschen in einer Raststätten-Toilettenanlage hin, als er mich völlig unvermittelt fragte, was denn bitte eine „Travel Pussy" sei. Ganz ehrlich, ich hatte keine Ahnung. Wenn ich diesen Begriff in einem anderen Zusammenhang gehört hätte, hätte ich dahinter wohl ein freches Synonym für eine Stewardess vermutet. Nun aber ist meine Recherche-Neugier geweckt und ich möchte herauszubekommen, was wirklich hinter beziehungsweise in diesen kleinen Päckchen steckt. Ich muss mich nur noch trauen, mir so eine „Travel Pussy" am Automaten zu ziehen, irgendwo, viele, viele Kilometer weit weg von hier, irgendwann zwischen 00:00 und 03:00 Uhr morgens, mit schwarzer Wollmütze tief im Gesicht. Mal schauen, ob es der Jugendschutz zulässt, dass ich Ihnen dann an dieser Stelle von meinen Erkenntnissen berichte.

13
Eingesparter Weltspartag

Wir leben in einer Zeit, in der viele Begriffe einfach so verschwinden. *Sendeschluss, Ansagerin* oder *Testbild,* auch *Diskette, Trimm-dich-Pfad, Kreiswehrersatzamt* oder *Tauchsieder* kennen Jüngere kaum. Aber so ist es nun mal. Wo auf der einen Seite verstaubte Begriffe aussterben, kommen auf der anderen Seite frische hinzu, darunter Wortneuschöpfungen, Anglizismen und zum Teil absurde Mischformen aus beidem. Wenn Sie vor 20 Jahren jemand gefragt hätte, ob er Sie nachher mal *anappen* dürfe, um Sie in einer *Raucherkneipe* zu *speed-daten* und über ein *hippes Crouwdfunding* zu reden, hätten Sie sicher nur Bahnhof verstanden. Hinzu kommen Synonyme, deren Bedeutung selbst mir, der sich viel mit Sprache beschäftig, neu ist. „Fleischmütze" für Glatze, „Nuttendiesel" für billiges Parfum oder „Rotzbremse" für einen Schnauzer.

Zum Glück gibt es aber noch Dinge, die von Bestand sind, obwohl sie eigentlich so überhaupt nicht mehr in unsere Zeit passen. Nehmen wir zum Beispiel den guten alten Weltspartag. Ich vermute mal stark, die Bankenwelt hat schlichtweg vergessen, ihn abzuschaffen. Dabei vergessen Banken doch eher selten etwas, vor allem, wenn es darum geht, uns mitzuteilen, dass es nun noch weniger als wenig Zinsen für unser Geld gibt.

Vor 40 Jahren war es jedenfalls bedeutend einfacher, seinen Kindern zu erklären, warum sie ihr Erspartes zur heimatlichen Bank bringen sollten. Das fast mystisch anmutende Argument „es vermehrt sich dort" wäre heute ja annähernd eine Lüge, denn wenn Sie Ihrer neugierigen Tochter ausrechnen, dass sich zu ihren hart ersparten 35 Euro nach einem Jahr maximal 3,5 Cent an Zinsen hinzugesellen und sie sich davon nach etwa 20 Jahren eine Kugel Eis kaufen kann, wird sie begeistert sein. Aber gut, der eigentliche Ertrag dieses Tages ist für ein Kind ja ohnehin das kleine Geschenk, das man an diesem Tag traditionell erhält. Irgendein putziges Kuscheltier, einen Malblock oder eine Trinkflasche. Selbst bei einem Präsent fragwürdiger Qualität und dubioser Produktionsherkunft wird der Weltspartag für Kinder immer attraktiv bleiben.

Also mache ich mich auch dieses Jahr mit meiner Tochter und einer gut gefüllten roten Spardose auf den kurzen Fußweg zur Bankfiliale. Aber Moment: Wo bis vor einigen Monaten noch eine nett geführte kleine Sparkasse war, sind nun die Fensterfronten zugemauert, die Tür versetzt und die großen, roten Schilder abmontiert. Lediglich ein kleiner Geldautomat ist geblieben, aus dem aber keine Kuscheltiere herauskommen, wie ich meiner enttäuschten Tochter erklären muss. Um sie glücklich zu machen, verfahre ich 1 Euro 80 an Benzin (fast zwei Kugeln Eis), um dann in der großen Bankzentrale wehmütig festzustellen, dass dort der Weltspartag einfach nicht mehr das ist, was er früher mal war. Trubelig, unübersichtlich und laut, bei Weitem nicht so familiär wie in der kleinen Filiale unseres Dorfs. Schade, aber so ist der Lauf der Dinge, immer mehr Dorf-Filialen schließen aus wirtschaftlichen Gründen. Ja, zugegeben, auch ich mache viel Online-Banking, aber noch ist die Menschheit nicht so weit, dass ich die Scheine einer bar ausbezahlten Abendgage per Scanner, WhatsApp oder Bluetooth in die Zentrale meiner Bank befördern kann. Und dafür mit dem Auto 15 Minuten zu fahren, ist schlichtweg nervig.

Vor allem aber ältere Menschen leiden unter dem Wegfall der kleinen Filialen, bei denen sie ihr wöchentliches Bargeldbudget abholen konnten, verbunden mit einem kleinen Schwätzchen am Schalter. Viele von ihnen sind mit den hypermodernen Bankautomaten schlichtweg überfordert oder trauen ihnen nicht über den Weg. Kein Wunder, bei all den Meldungen, wie einfach solche Geräte manipuliert werden können. Folgerichtig überrascht es wenig, dass immer mehr alte Menschen in kleinen Orten dazu übergehen müssen, anders an ihr Bargeld zu kommen. Ob die drastisch zunehmende Anzahl an Bankautomat-Sprengungen hier in der Region damit in kausalem Zusammenhang steht, möchte ich an dieser Stelle aber nur vage vermuten.

„Danke, dass du mich hierhergefahren hast, Papa", sagt meine glückliche Tochter, als sie mit einem Kuscheltier in der Hand die Bank verlässt. „Wenn ich groß bin, fahren wir von den ganzen Zinsen in den Urlaub, okay?" „Ja, Schatz", lächle ich nachdenklich. „Oder du lädst Mama und Papa einfach auf eine halbe Kugel Eis ein."

14
Supermarktgeschichten

Vor einiger Zeit beobachtete ich im heimischen Supermarkt ein älteres Pärchen. Die Dame wuselte junggeblieben vorneweg, während ihr Gatte ihr in einem für Männer dieser Generation so typischen „Ich-gehöre-nicht-dazu"-Abstand schlurfend folgte, aufgestützt auf den Einkaufwagen, der so zu einem Rollatorersatzfahrzeug mutierte. Dazu ein Gesichtsausdruck, der mehr als deutlich die „Freude" des Rentners über den wöchentlichen Großeinkauf mit seiner Frau widerspiegelte.

Etwas später erreichte das Pärchen dann die Auslage des Kaffeerösters „Tchibo". „Jetzt schau doch mal, Werner, der Schal", rief die emsige Dame ihrem Gatten zu und reckte einen Damenschal in die Höhe. Ihr Gatte schnaufte hörbar, beschleunigte dann aber doch kurzerhand auf Schritttempo und näherte sich seiner Gattin, die dann einen Satz sagte, der mich veranlasste, mich via Wein- und Spirituosengang noch ein wenig näher an das Pärchen heranzupirschen. „Waaaahnsinn, oder? Werner, schau doch mal, der Schal, 30 Euro, das sind ja 60 Mark!" Ein Satz wie ein Donnerschlag! Ein Statement, ein Pamphlet, eine Kampfansage an Politik, Wirtschaft, den Konsumterror und das Leben an sich. Natürlich brannte es mir vehement unter der satirischen Zunge, nichts hätte ich lieber getan, als den beiden aus der Zeit Gefallenen Hilfe anzubieten, aufzuklären, dass es die Mark seit ein paar Wochen nicht mehr gebe, dass sie an der Kasse deswegen Schwierigkeiten bekommen könnten.

Aber ich starrte stattdessen betreten auf mehrere Flaschen Eierlikör. Die gab es damals zu Mark-Zeiten auch schon, dachte ich. Den unmittelbar daneben stehenden Party-Likör „Ficken" allerdings nicht, was wiederum nicht unbedingt für unsere Zeit spricht.

Zurück aber zum Währungsproblem: Wann hört es eigentlich auf, frage ich mich noch Tage später, während ich diese Zeilen zu Papier bringe. Wann wird niemand mehr in unserem Land in D-Mark umrechnen, sie als alte Referenzgröße essenziell benötigen? Wie viele Jahre wird es noch dauern? Immerhin sind seit 2001 schon 17 davon ins Land gezogen und es werden vermutlich sicher noch 15 weitere folgen. Dauerte es bei der letzten Währungsumstellung auch so eklatant lange, bis man sich umgewöhnt hatte? Ich jedenfalls kann mich daran nicht erinnern, dass meine Oma Anfang der Siebziger mal auf mich zugekommen wäre und zu mir gesagt hätte: „Waaaahnsinn, Martin, 20 Pfennige, das sind 80 000 Reichsmark."

Interessant ist aber, dass in anderen Bereichen deutlich weniger in alte „Währungen" umgerechnet wird. Zu mir kam jedenfalls noch niemand mit den Worten: „Waaaaahnsin, Martin, zwei Twix, das sind ja vier Raider." Wobei es preislich in der Tat fast hinkommen würde. Na ja, manche Dinge sind eben teuer geworden in den letzten 35 Jahren, da ist jetzt nicht alleine nur der fiese und raffsüchtige „Teuro" dran schuld, der auch nach alle den Jahren immer noch in unseren Köpfen herumspukt und für so manches private oder geschäftliche Haushaltsloch kurzerhand alleinverantwortlich gemacht wird. Die Schuld irgendjemand anderem in die Schuhe zu schieben, das können wir Menschen bekanntermaßen ja besonders gut. Und wenn's der „Teuro" nicht war, dann aber bitte per se „Die Politiker!".

Wer übrigens nie Schuld an irgendetwas hat, ist der zum Erzfeind von „Die Politiker!" hochstilisierte „Kleine Mann von der Straße". Der, der wegen der ausschließlich aus Raffgier, Machterhaltung und Profilierungssucht getroffenen Entscheidungen seines Widersachers „Die Politiker!" nun den Pfennig, Verzeihung, jeden Cent zweimal umdrehen muss, bis er sich das Handy der neuesten Generation samt Rundum-sorglos-Flattarif anschaffen kann.

Übrigens, der enorme Preis des Tchibo-Schals beschäftigte die ältere Dame im Supermarkt noch an der Kasse. Da waren es aber im Eifer des Gefechts schon 60 Euro und nicht mehr 60 Mark. Ja, so schnell geht das mit dem Umrechnen, so schnell wird der „Teuro" wieder zum Sündenbock. Ich stelle mir gerade vor, wie die beiden Rentner beim nächsten Seniorenausflug kurz hinter der Schweizer Grenze im Mövenpick-Restaurant nach einem Eis verlangen: „Waaaaaahnsinn, Werner, die Kugel Eis, 6 Franken, das waren mal ..." Und dann geht das Rechnen erst richtig los. Und was würde unser „Kleiner Mann von der Straße" dazu sagen? Wahrscheinlich so etwas wie: „Unverschämtheit, was die Schweizer Politiker da mit den Preisen machen! Am besten, die gehen auch raus aus der EU."

Tja, beim Thema Europa kann man derzeit schon mal durcheinanderkommen. Zentrale Frage ist doch: Wer außer Deutschland und Frankreich möchte denn wirklich noch voller Überzeugung bei Europa mitmachen?

Ach so, ja, stimmt, natürlich Australien. Immerhin dürfen sie zum Einstieg nun schon mal beim „Grand Prix d'Eurovision" mitmachen. Verstehen muss man das nicht.

15
St. Martin

Wir laufen nicht mehr. Aus die Maus, wir gehen nach Haus, rabimmel, rabammel, rabumm. Wieder ein Teil der Kindheit unserer Töchter, hinter den wir als Eltern einen melancholischen, ja fast wehmütigen Haken machen können. Obwohl der alljährliche Laternenumzug zugegeben schon immer recht aufwendig war in der Vorbereitung. Zum Glück musste ich mich aber als ausgewiesener Bastellegastheniker all die Jahre nie um die Herstellung der Lampions unserer Kinder kümmern. Fall es Sie interessiert, diese zertifizierte Krankheit heißt nicht „LRS-Schwäche", sondern „BDP", also Bastel- und Deko-Phobie, und tritt bei Männern gerne auch mal spontan auf, wenn sie merken, dass bei der Produktion keinerlei schweres Gerät benötigt wird, sondern es um filigrane Kreativarbeit geht.

In puncto Laternenbasteln war ich bei uns zu Hause stets lediglich für die Stromversorgung zuständig. Umso größer war dann aber der Ärger bei Frau und Kind, wenn ich vergessen hatte, vor Beginn des Umzugs die Batterien des Stabs zu checken. Dramen epischen Ausmaßes spielten sich in unserer Garagenauffahrt ab, wenn das von Mutter und Tochter im Schweiße beider Angesichte kunstvoll gefertigte labile Laternenkunstwerk am Abend dann schlichtweg dunkel blieb. 49 singende und ein plärrendes Kind zogen durch die Straßen unseres Dorfs, gefolgt von einem sich streitenden Ehepaar. „Da sitz ich stundenlang an dieser Laterne und du schaffst es nicht einmal ..." Sie kennen das sicher.

Von diesen bitteren Momenten eines versagenden Familienvaters mal abgesehen war und ist der 11.11. stets ein besonderer Tag für mich, denn da habe ich Namenstag. Für viele mag das keinerlei Bedeutung haben, nicht aber für meine katholischen Eltern, die mir bis heute am 11.11. stets eine kleine Aufmerksamkeit schenken. Zur Geschichte des Heiligen Martin habe ich aber auch deswegen eine besondere Beziehung, weil es vor vielen Jahren meine erste Hauptrolle war. Vor allem das Mantelteilen wollte ich als Martin natürlich besonders gut machen, was mich veranlasste, dies vorab daheim zu üben. Mit der Grassichel meiner Oma und dem für Betel geschnürten Altkleidersack. Was für ein großartiges Textil-Gemetzel!

Ja, das Teilen hat mich schon immer beschäftigt, womöglich sogar geprägt. Es gibt nur eine Situation, in der ich das Teilen überhaupt nicht abhaben kann: wenn meine Frau und ich eingeladen sind und es gibt – im weitesten Sinne – Büfett. Egal ob süß oder deftig, ich kann den Sekundenzeiger danach stellen, bis sie fragt: „Schatz, wollen wir uns erst mal was teilen?" Zugrunde liegt bei ihr eine Art Panik, schon nach einem ganzen Stück Käsekuchen oder einem ganzen Schnitzelchen satt sein zu können. Obwohl ich durchaus in der Lage bin, zwei oder drei Stück Kuchen oder Schnitzelchen in Gänze zu essen, mache ich – um des Beziehungsfriedens willen – das Teilen-Spielchen halt mit. „Vordere oder hinter Hälfte?", fragt meine Frau dann als Nächstes, ehe sie die ohnehin schon hauchdünn geschnittene „Hansen und Jansen"-Torte mit fluffiger Stachelbeer-Sahne-Füllung (auch bekannt als „Schwimmbad-Kuchen") so malträtiert, dass der herübergeschobene Anteil auf meinem Teller so aussieht wie eine dahingeklatschte Nachspeise. Danke auch.

Wissen Sie aber, wer das Teilen auch doof findet? Die Mitarbeiter unseres Lieblingsitalieners. Da sind meine Frau und ich schon verschrien als die, die immer „eine große Pizza auf zwei Tellern und einen italienischen Salat bitte in die Mitte. Der bitte zur Hälfte mit Joghurt- und zur anderen Hälfte mit Essig-Öl-Dressing" bestellen. Und wenn wir ausnahmsweise mal nicht teilen, dann gehören wir zu denen, die ständig die Teller tauschen oder quer über die dekorierte Tafel gegenseitig probieren, jedwede Absturz-Verluste in Kauf nehmend. Kurzum: Sicher hatte Albert Schweitzer recht, als er sagte: „Glück ist das Einzige, das sich verdoppelt, wenn man es teilt."

Richtig ist aber auch: „Sahnetorte oder saftige Lasagne sind das Einzige, bei dem man nach dem Teilen weniger hat als zwei Hälften." Was bleibt, ist ein klein wenig schlechtes Gewissen ob meiner damaligen Kleiderzerstückelung zwecks Rollenvorbereitung fürs Martinsspiel. Vor allem, wenn ich mir vorstelle, wie unser Sack damals in Betel angekommen ist, ein Bedürftiger seine Hand nach dem Mantel meines Vaters ausstreckt und der zuständige Zivildienstleitende fragt: „vordere oder hintere Hälfte?"

16
Eckige Kreißsäle

Zugegeben, dass Kreißsäle zwingend rund sein müssen, hatte ich nie wirklich gedacht, nur weil der phonetische Klang des Begriffs dies nahelegen könnte. Daher ist es wichtig, auf die korrekte Schreibweise zu achten, denn hinter einem Kreissaal könnte man sonst einen Raum vermuten, in dem die gewählten Vertreter des Wetteraukreises oder des Kreises Gießen tagen. Neu war für mich jedoch die Erkenntnis, dass der Kreißsaal auf das alte Verb *kreißen* zurückgeht, was gebären oder in den Geburtswehen liegen bedeutet und sich – ebenso wie kreischen – vom mittelhochdeutschen krizen (stöhnen, schreien) ableitet. Manchmal sind solche etymologischen Herleitungen viel weniger subtil und hintergründig, als man denkt. Die Tatsache, dass – je nach politischer Konstellation – auch in Sälen der Kreistagssitzungen – ob rund oder eckig – geschrien und gestöhnt wird, möchte ich aber lieber außen vor lassen.

Viel lieber nehme ich Sie und mich mit auf eine kleine Zeitreise ins Jahr 2002, als die Geburt meiner ersten Tochter bevorstand, exakt sieben Monate, nachdem meine Frau ein Fieberthermometer-ähnliches Stück Plastik bepinkelt und sich anschließend zwei farbige Balken im Sichtfenster gebildet hatten.

Wie schon Maria und Josef machten auch meine Frau und ich uns im Vorfeld der Geburt auf, eine passende Herberge für die Niederkunft unseres Kindes zu finden. Nicht, weil uns eine Volkszählung im Nacken saß, sondern weil man das heute so macht.

Während Jesus' Eltern damals eine Tür nach der anderen vor der Nase zugeschlagen bekamen, hofieren Krankenhäuser werdende Eltern heutzutage regelrecht. Alle Kliniken mit Geburtsstation bieten dazu Infoabende, Tage des offenen Kreißsaals oder Ähnliches an, bei denen sie sich im besten Licht präsentieren können. Werdende Eltern hingegen können dabei schon mal antesten, ob sie sich dort geborgen und gut aufgehoben fühlen, ob ihnen die durchaus differierenden Geburtsmöglichkeiten und Zusatzangebote zusagen. Am Ende dieser aufwendigen Inforeise durch zwei Landkreise standen wir allerdings vor dem Dilemma, nicht zu wissen, ob nun der Wohlfühlfaktor oder unser Sicherheitsbedürfnis den Ort der Geburt bestimmen sollte. Die Spanne der Angebote reichte nämlich vom esoterisch angehauchten Geburtshaus mit Familienanschluss bis zum sterilen Klinikkreißsaal mit jeglicher Intensivmedizin in Rufweite. Keine leichte Entscheidung für junge Eltern.

Eins hatten aber nahezu alle Geburtsstationen gemein: Überall lag eine CD-Auswahl an spezieller Entbindungsmusik bereit. Und für die, denen Individualität sehr wichtig ist, bestand die Möglichkeit, selbst zusammengestellte Niederkunftsmusik mit in den Kreißsaal zu bringen. Zum Glück entlockte dieses Angebot meiner Frau nur ein schallendes Lachen, andernfalls wäre ich wirklich in die Bredouille gekommen. Was in Gottes Namen hätte ich denn auf so eine CD gebrannt? Welche Songs hätten sich dafür geeignet, unser Kind möglichst geschmeidig aus dem Mutterleib zu locken? Das entspannte *Tunnel of love* von den Dire Straits? Das hebammenorientierte *Take good care of my Baby*? Oder doch besser Musik von den Ärzten? Also von der Band, meine ich. Würden sich energiegeladenere Stücke wie Wagners *Walkürenritt* oder *Born to be wild* von Steppenwolf besser eignen als gemächlichere Lieder wie zum Beispiel *Muss i denn, muss i denn zum Städtele hinaus?* Folgende, eher demotivierende Songs hätten aber keinesfalls auf so einer CD enthalten sein dürfen: *Highway to hell* von ACDC, *Dieser Weg wird kein leichter sein* von Xavier Naidoo oder *It´s alright, Baby´s coming back* von den Eurythmics. Originell wiederum wäre es gewesen, wenn der Schlager *Abschied ist ein scharfes Schwert* während eines etwaigen Kaiserschnitts gelaufen wäre und wir unseren Sohn dann anschließend auch Roland getauft hätten.

Aber lassen wir die musikalischen Gedankenspielereien. Nachdem meine Frau und ich uns schließlich für einen der vielen eckigen Kreißsäle entschieden hatten, stand für uns irgendwann der Geburtsvorbereitungskurs auf dem pränatalen Fahrplan. Darüber möchte ich Ihnen mal in einem nächsten „Flashback" berichten, denn nun ist genügend Zeit vergangen, dass ich darüber sprechen kann. Ich werde Ihnen schonungslos schildern, wie es sich als Mann anfühlt, kläglich daran zu scheitern, in Regionen seines Körpers zu atmen, die man vorher noch gar nicht kannte. Immerhin gab es damals *Atemlos* von Helene Fischer als mögliche Begleitmusik im Kreißsaal noch nicht. Die Gnade der frühen Geburt ...

17
Leben gefährdet Ihre Gesundheit

Noch bevor ein Kind geboren ist, entwickeln Eltern einen Beschützerinstinkt enormen Ausmaßes. Man stimmt Mehrfachimpfungen zu, belegt den besten Säuglingspflegekurs, kocht Babygeschirr lieber einmal zu viel ab als zu wenig, zieht dem Winzling auch bei 25 Grad ein Wollmützchen über die Ohren und legt ihm ganzjährig ein Lammfell in den Kinderwagen. Nur gegen überfallartige Verwandtschaftsbesuche ist bislang weder ein Impfstoff erfunden noch ein Deckchen gehäkelt worden. Das mit dem Beschützen des Zarten, des Verwundbaren lässt nach dem Kleinkindalter allerdings nicht nach, im Gegenteil. Bis heute habe ich das Gefühl, dass meine Eltern mich vor allem beschützen möchten, das in ihrer Macht steht.

Einerseits kann das furchtbar nerven, anderseits weiß man tief im Inneren, dass man mit seinen Eltern – Zeit deren Lebens – bedingungslose Beschützer hat. Manchmal sind es aber auch außenstehende Menschen oder Institutionen, die sich ungebeten als Beschützer aufdrängen. Ein Beispiel: Letztens fragte mich meine Tochter an der Supermarktkasse Folgendes: „Muss Onkel Jochen jetzt auch sterben?" Sie ahnen vielleicht, was Anlass dieser Frage war. Richtig, die Schockbilder auf den Zigarettenpackungen, mit denen uns unser Gesundheitsminister vor den Schäden des Rauchens bewahren möchte. Auch er meint es im Grunde seines Herzens nur elterlich gut, und die abschreckende Wirkung solcher Bilder scheint ja zu funktionieren, glaubt man den rückläufigen Verkaufszahlen der Tabakindustrie. Schön sind diese Anblicke auf der Packung natürlich nicht, weder für Raucher noch für Nichtraucher und schon gar nicht für Kinder. Meine Tochter gestand mir, dass sie zunächst dachte, die schockbebilderten Päckchen gehörten zu den aktuellen Halloween-Produkten. Dann aber las sie und dachte an ihren Raucheronkel. Kurz nach dem Bezahlen sagte meine Kleine schließlich den Satz, den alle Eltern hören möchten: „Papa, ich will nie so ein ekliger Raucher sein." Braves Kind. Wobei ihr Tonfall mich schon ein wenig nachdenklich stimmte, denn sie betonte es, als sei der Raucher per se ein Massenmörder. Ich weiß, militante Nichtraucher würden dies womöglich sogar unterschreiben, von wegen Passivrauchen und so. Mir hingegen tun die Raucher derzeit schon eher ein wenig leid.

Ich denke an unseren Abflug in den Sommerurlaub vor ein paar Monaten, als wir in den riesigen Gängen des Terminals plötzlich an einer Raucherbox vorbeikamen und die kleine Luise wissen wollte, was das sei. „Das sind Raucher, Schatz", antwortete ich wahrheitsgemäß, merkte aber, dass es klang, als würden wir im Frankfurter Zoo an der großen Pinguin-Glaswand vorbeigehen.

Ein bisschen unfair und inkonsequent ist die Raucherjagd mit den ganzen Horrorbildern schon. In Deutschland werden nämlich auch große Summen zur Behandlung von Alkoholkranken ausgegeben, dennoch fehlen auf der Flasche Whiskey, dem Kasten Bier und dem Tetrapack Partylikör jegliche abschreckende Fotoaufnahmen. Dabei würde sich das eine oder andere abschreckende Foto eines weinseligen Harald Juhnke oder der dauerabstürzenden Jenny Elvers-Elbertzhagen förmlich aufdrängen. Manch einer wird nun sagen, dass der Vergleich hinkt, da es ja kein Passivtrinken gibt. Dafür wage ich mal die These, dass Alkoholiker auf andere Art ihrer Umwelt mehr Schaden zufügen können als Raucher, denn eine Alkoholsucht geht leider viel zu häufig einher mit (direkter oder indirekter) Gewalt. Das hört man von Rauchern eher selten.

Apropos hinken, vor einigen Wochen nahm ich aus beruflichen Gründen an einem Arztvortrag über Diabetes teil. Was ich da an Schockbildern gesehen habe, passt zwar auf keine Kuhhaut, aber bequem auf jede Toffifee-, Schaumkuss-, Butterkeks- oder Lebkuchenpackung. Aber erzählen Sie das mal den Zucker-Lobbyisten in den großen Food-Konzernen. Da könnten Sie Bundeskanzler sein und die würden über einen solchen Vorschlag nur müde lächeln.

Die wirkungsvollsten Warnbilder – weil subtil und auf der Emotionsebene angesiedelt – stehen für mich aber immer noch am Rande der Autobahnen. Womöglich kennen Sie ja folgendes Motiv: Eine fröhlich plaudernde Vierergruppe junger Frauen in einem Auto, darunter: „Eine ist abgelenkt, vier sterben." Jedes Mal, wenn ich dieses Schild passiere, rufe ich zu Hause an und verbiete meiner Tochter – ohne Nennung irgendwelcher Gründe – am Wochenende den Ausgang. Und wenn, dann nur zu Fuß, mit Wollmützchen und Grippeimpfung. Dass sie weder raucht oder trinkt noch auch nur ein Einziger ihrer Clique annähernd einen

Führerschein besitzt, ist dabei zweitrangig. Man kann als Eltern nie früh genug beginnen, vor dem Leben zu warnen.

18
Fit fürs Fest

Ich bin bereit. Auf diesen Moment habe ich akribisch hingearbeitet. Ein knappes Jahr voller Schweiß und Disziplin liegt hinter mir. Monate asketischer Entbehrung haben mich an mein Limit gebracht und manchmal auch darüber hinaus. Nach den üblichen sechs Wochen im nachweihnachtlichen Umtauschwahn bin ich, wie jedes Jahr, Mitte Februar zur Saisonvorbereitung für drei Monate ins Jochen-Schweizer-Survival-Camp: „How to overlive so fucking long without christmas". Diese Wochen inmitten Gleichgesinnter sind stets ein optimaler Einstieg in die neue Saison. Dort habe ich mir erstmals sogar einen Personal-Christmas-Coach gegönnt, Rudi, der mich in der kommenden Saison leistungsmäßig in ungeahnte Höhen treiben soll. Gemeinsam haben wir einen hochkomplexen und eng getakteten Trainingsplan erarbeitet, beginnend mit einer exzessiven Phase der äußeren und inneren Reinigung.

In einer nicht enden wollenden Woche tiefster Askese ernährten wir uns unter größten körperlichen und seelischen Schmerzen von nichts anderem als lauwarmem Kinderpunsch, Anis-Ersatz-Plätzchen und Sojalebkuchen aus dem Vortagslädchen. Diese Geißelung haben wir uns ganz bewusst auferlegt, um all die Weihnachtsgenüsse anschließend wieder ganz neu entdecken und genießen zu können. Im Juni folgte ein Gletscher-Christmas-Höhentraining in einem tibetischen Designer-Outlet unterhalb des K3: Tütenstemmen und Geschenkeschleppen unter realen Temperaturbedingungen. Indoor 30 Grad plus, outdoor 25 Grad minus. Ähnlich wie beim Saunieren stärken auch hier halbstündige Wechsel den Weihnachtsshoppingorganismus enorm.

Von dort aus ging es direkt zur Glühweinlese in die Pfalz, wo ich mich wohldosiert in Form trank. Ziel war es, ab Mitte November in der Lage zu sein, mindestens fünf Weihnachtsmärkte pro Tag mit jeweils acht Glühweinbuden erhobenen Hauptes zu bewältigen.

Alles lief nach Plan, im Oktober jedoch passierte der Super-GAU: Meine Liebste entführte mich in den Herbstferien ohne Vorwarnung für zwei Wochen in ein Luxus-Resort auf eine abgelegene Südseeinsel. Welch ein Albtraum.

Meine monatelange akribische Weihnachtsvorbereitung ging bei dauerhaft 35 Grad plus, frisch zubereiteten alkoholfreien Cocktails, kross gebratenen Südseespezialitäten und Reggae-Musik in Dauerschleife buchstäblich baden. Als ich zurückkehrte, war ich in einer jämmerlichen X-mas-Verfassung, jede halbe Tasse Punsch hätte mich aus der Bahn geworfen. Dann aber hatte mein Coach Rudi eine Idee. Da er als kaukasischer Allzwecktrainer schon erstaunliche Erfolge mit Blutdoping erzielt hatte, konnte er mir über semilegale Wege eine Palette Glühweinkonzentrat-Konserven besorgen, die er mir ab Anfang November alle zwei Stunden intravenös verabreichte, um mich wieder in Form zu bringen.

Und was soll ich sagen: welch ein Comeback! Ich bin glühweinresistenter und weihnachtsshoppingwilliger denn je. Mit meinem getunten Smart X-mas-Sonderedition bin ich nun unterwegs von Weihnachtsmarkt zu Weihnachtsmarkt, von Glitzer-Mall zu Glitzer-Mall. Ja, das ist meine Welt, hier bin ich zu Hause, dafür hat sich das monatelange Training gelohnt. Diese vertraute muffige Mischung aus sich stapelnden, dick eingepackten und deswegen schwitzenden Menschenmengen, versetzt mit Nuancen von Anis, Nelke und Zimt aus der Duft-Sprühdose, während von unten der Geruch gegrillter Weihnachtsbratwürstchen und frisch gezapften Bock-Biers St. Nikolaus nach oben weht, ist wirklich unvergleichlich. Und überall diese kuschlige Nähe, ich liebe das.

Endlich kommt man mal mit Menschen ins Gespräch. Zum Beispiel, wenn am verkaufsoffenen Sonntag vor Weihnachten bei H&M die Umkleiden doppelt belegt werden, ehe man sich anschließend in die Kassenschlange einreiht, die sich über drei Etagen erstreckt. Dieses Wir-Gefühl erfüllt mich jedes Jahr wieder mit großer Freude. Aber es kommt noch besser: Mittwoch fliegen wir für zehn Tage nach New York zum ultimativen Weihnachtsshopping. Zehn Nächte im bis unter die Kinnlade weihnachtsdekorierten „Trump International Tower-Hotel" stehen uns bevor. Ganz authentisch, ganz amerikanisch, ganz ohne diese, äh, wie heißen die noch, ach ja ... diese Mexikaner. Tief erfüllt vom amerikanischen Glitzertraum rufe ich vor dem größten Weihnachtsbaum der Welt am Rockefeller Center Plaza voller Inbrunst: „Make Christmas great again", „make Christmas great again."

„Alles klar mit dir?", fragt meine Frau und knipst die Nachttischlampe an. Schweißgebadet liege ich neben ihr. „Ja. Ich hatte nur einen wirklich abgefahrenen Traum." „Aha. Dann schlaf jetzt. Morgen wird´s anstrengend, wir müssen nach Gießen und noch an die 20 Geschenke besorgen." „Großartig, ich freu mich. Hauptsache, Trump ist nicht Präsident geworden ...", sage ich erleichtert und schlafe ein.

19
Ich kann nicht

Aufmerksame Leser dieser Kolumnenreihe wissen, dass ich vor einiger Zeit darüber berichtet habe, wie viel entspannter man seinen kleinen Sohnemann in der freien Natur „zur Toilette“ bringen kann als das Töchterlein. Titel der Kolumne war „Abhalten“. Die Natur hat es so eingerichtet, dass Jungs und Männer – rein technisch – viel einfacher und überall mal schnell hinpüschern können als die weibliche Fraktion. Ästhetisch schön ist dies deswegen noch lange nicht, was zur Folge hat, dass man zum Beispiel rund um Autobahnraststätten nun immer häufiger Zäune installiert, die das Pausengelände der Reisenden zum Wald oder zur nächsten Hecke hin absperren, um des sogenannten „Wildpinkeln“ Herr zu werden. Dass diese Maßnahme auch wirtschaftliche Gründe hat, ist ja klar. Mann pieselt ja nicht nur wegen des kurzen Weges in die Büsche, sondern auch, um bei *Sanifair* nicht wieder 50 oder jetzt 70 Cent in den Automatenschlitz werfen zu müssen.

Die landläufige Meinung, dass alle Männer per se immer und überall „können“, ist aber falsch, das weiß ich aus eigener Erfahrung und darüber kann ich auch ganz offen reden. Machen wir es kurz: Ich kann nicht, wenn jemand neben mir steht. Leider sind die öffentlichen Toiletten aber so konstruiert, dass man dort eng aneinander in Reih´ und Glied (hüstel, hüstel, ob des Wortspiels ...) und ohne Sichtschutz seine Notdurft verrichten muss. Es ist kein schönes Gefühl, wenn es neben einem schon schneeschmelzartig rauscht, im eigenen Urinal aber noch wüstenartige Trockenheit herrscht. Selbst in freier Wildbahn und mit drei Metern Entfernung zum nächsten menschlichen Wesen schaffe ich keinen Tropfen. Einfach nur deswegen, weil der andere darauf wartet, dass gleich von mir ein dicker Strahl auf eine unschuldige Baumrinde abgeschossen wird. Dies hat nichts mit einer grundsätzlichen sexuellen Verklemmtheit zu tun, sondern mit der Drucksituation an sich. Mit diesem kleinen „Problem" lebte ich viele Jahre. Unvergessen sind Klassen- oder Vereinsfahrten, bei denen es plötzlich hieß, der Bus habe keine Toilette und man würde dafür öfter mal an einer Raststätte anhalten. Dort wiederum strömten dann folgerichtig alle auf einmal aufs Klo. Die Höchststrafe für einen wie mich. Ein- oder zweimal mit der Ausrede eines größeren Geschäfts in eine abgeschlossene Kabine zu verschwinden, konnte ich den Klassen- oder Vereinskameraden ja noch plausibel weißmachen, dann aber musste ich mir neue Taktiken einfallen lassen. Eine davon war, immer erst unmittelbar vor Weiterfahrt des Busses zur Toilette zu gehen, stets mit dem Risiko verbunden, alleine und vergessen bei Tank und Rast zurückzubleiben. Natürlich habe ich es zwischendurch immer wieder mal probiert, mir eingeredet, dass es den Pinkelnachbarn doch einen feuchten Kehricht interessiert, wann und wie laut es bei mir plätschert. Alle meine Versuche schlugen aber fehl. Manchmal habe ich in meiner Verzweiflung sogar das Pinkeln vorgetäuscht, also abgeschüttelt, wo nichts abzuschütteln war, und mich mit praller Blase und unter großen Schmerzen wieder in den Bus gesetzt.

Irgendwann mit den Jahren habe ich aber gemerkt, dass auch andere Männer auf Raststättentoiletten verstohlen in die Kabinen verschwanden und diese schon nach 45 Sekunden wieder verließen. In mir wuchs die Erkenntnis, dass ich wohl doch nicht der einzige Mann auf diesem Planeten mit diesem „Problem" war. Mag sein, dass Sie als Frau da draußen jetzt denken: Mein Gott, jetzt macht der Guth aus einem pinkelnden Mäuschen einen verknoteten Elefanten. Stellen Sie sich aber bitte mal vor, man würde auf den Damentoiletten die Kabinen wegrationalisieren und sie würden plötzlich Schenkel an Schenkel mit der Nachbardame da sitzen müssen. Mal Hand auf die Blase, könnten sie dann immer noch so entspannt Pipi machen? Diese Zeilen sollen Sie einfach nur mal dafür sensibilisieren, welchem Druck wir Männer ausgesetzt sind, nicht nur im Berufsleben, nein, auch beim Pinkeln. Wissen Sie aber, was das Beste ist? Seit ich vor einigen Jahren das Pinkel-Problem in Form einer kleinen Kabarettnummer auf die Bühne gebracht habe (allerdings ohne praktische Beweisführung), hat sich das Problem nahezu erledigt. Toll, oder? Man kann hierbei durchaus von einer Art Eigenurintherapie reden. Nächste Woche berichte ich an dieser Stelle dann ganz offen und ehrlich darüber, dass ich keinem der bevorstehenden – deftigen oder süßen – Weihnachtsgenüsse widerstehen kann. Vielleicht hilft das ja auch.

20
Onkel Müßiggang

Nun liegt sie bald hinter uns, die viel zitierte und oft besungene „besinnliche Adventszeit". Und täglich grüßt das Rentier, möchte ich da ausrufen, denn wieder ist es uns als Familie nicht besonders gut gelungen, in den letzten vier Wochen zu entschleunigen, so, wie es – religiös gesehen – eigentlich sein soll.

Sich in aller Ruhe und voller innerer Einkehr bereit machen für die Ankunft des Herrn, heißt es da doch immer. Bei uns zu Hause ist allerdings nur Hektik eingekehrt und angekommen sind per Internetversanddienst leider bei Weitem noch nicht alle Geschenke, mit denen wir – wie jedes Jahr – Teile der Großfamilie bedarfs- und geldbeutelgerecht versorgen, damit jeder unseren Kindern eine passende Freude machen kann. Dazu sind meine Frau und ich drei bis vier Wochen lang als Geschenke-Agentur tätig und versuchen in Manier eines Wunsch-Scouts alles aufzuschnappen, was unsere Kinder an Begehrlichkeiten äußern, ehe wir dann managen, wer der passende Verschenker im Kreise der Familie sein könnte. Manche dieser Präsente besorgen wir nicht nur, sondern befördern sie fertig eingepackt zu älteren Familienmitgliedern.

In den wenigen stillen Momenten dieser Tage stehe ich manchmal neben mir, betrachte uns vorweihnachtlich gestresste Eltern und denke: Was treibt ihr hier eigentlich? Das ist doch nicht der Sinn des Schenkens, oder? Spätestens am Heiligen Abend und während der folgenden Feiertage, an denen wir nach und nach all unsere Verwandten treffen, denke ich dann aber: doch! Auch wenn es noch so abgeklärt, unromantisch oder sachlich anmutet und in der Vorbereitung für uns Eltern noch so stressig ist: Es ist gut so. Gut für die Kinder, die sich – zumindest bis zu einem gewissen Alter – über jede verpackte Kleinigkeit mehr freuen als über an Nikoläuse geklebte oder in Umschlägen geschobene Geldscheine. Aber auch wir Eltern werden entlohnt für unsere Mühe. Es ist ein großes Geschenk zu beobachten, wie sich die sehbehinderte Großtante und der tatteriche Großonkel freuen, der Kleinen ein richtiges Knallergeschenk überreicht zu haben, mit dem sie sofort begeistert losspielt. Und wir Eltern haben das sichere Gefühl, auf diesem Wege Kindern *und* Verschenkern eine Freude bereitet zu haben. So betrachtet haben wir die Adventszeit vielleicht doch nicht gänzlich am Thema vorbeigelebt.

Was in der Vorweihnachtszeit jedoch regelmäßig auf der Strecke bleibt, ist die Pflege unserer sozialen Kontakte. Sich mit Freunden im Dezember zu treffen ist ein hoffnungsloses Unterfangen. Immer hat mindestens ein Familienmitglied irgendeine Weihnachts- oder Nikolausfeier, eine Tanzvorführung, ein Flötenspiel im Seniorenheim oder einen Ballettauftritt. Wie immer bleibt dann nur noch die Flucht in diesen einen, vordergründig heilbringenden Satz: „Lass uns zwischen den Jahren treffen."

Aus diesen Worten spricht nicht nur die pure Hilflosigkeit, sondern auch mangelndes Lernvermögen, denn eigentlich sollte man als Ü-40-Jähriger wissen, dass dieses sagenumwobene „Zwischen den Jahren“ keine Zeitspanne von drei Wochen umfasst, sondern eigentlich nur zwei bis drei Tage. Die ballert man sich mit Nachholterminen randvoll, feiert anschließend Silvester, ehe man Anfang Januar völlig gerädert wieder zur Arbeit geht und sich abends, beim Abdekorieren des Weihnachtsschmucks, wie jedes Jahr fragt, was an dieser Weihnachtszeit eigentlich so besinnlich oder erholsam sein soll. Das Problem ist, dass sich in unserer durchorganisierten Zeit Erholung nicht einfach so einstellt, wenn man sie ad hoc herbeiruft. Man muss ihr Zeit und Raum geben und – so unromantisch es ist – sie planen.

In diesem Sinne wünsche ich Ihnen ein wunderbares Weihnachtsfest und ein gesundes neues Jahr. Dazu eine Phase, in der Sie nicht nur enge Verwandte, Bekannte und Freunde einladen, sondern auch mal den guten alten Onkel Müßiggang. Glauben Sie mir, er ist ein seltener, aber sehr wohltuender und anregender Gast. Ich gehe auch mit gutem Beispiel voran und melde mich daher erst nach den Winterferien wieder.

21
Kinderbilderberge

Alle Eltern kennen das: Sobald der Sprössling einigermaßen koordiniert Stifte in seinen kleinen Fingerchen halten kann, wird man als Vater oder Mutter bombardiert mit gekritzelten, gezeichneten oder gemalten Kunstwerken. Zu Beginn hängt man jedes einzelne Bild noch stolz im Wohnzimmer auf, irgendwann wird dort aber der Platz knapp und die bunten Bögen landen – nach einer ersten intensiven Begutachtung – auf turmhohen Stapeln, in prall gefüllten Heftern oder in der aus allen Nähten platzenden „Erinnerungskiste". Während die 14-Jährige nun weitestgehend das Bildermalen eingestellt hat und uns alternativ semilustige WhatsApp-Cartoons schickt, hat die Malwerkstatt der Kleinen weiter Hochkonjunktur, was meiner Frau und mir unlängst wieder selbst gemalte Kunstwerke unter dem Christbaum bescherte. „Ist das nicht ein ganz toller Sternenhimmel, Papa?", rief die Kleine stolz, während ich im tiefschwarz bemalten Kritzelbild die Sterne suchte. Dennoch bin ich natürlich hingerissen ob des tollen Gemäldes, denn das bedingungslose Begeistertsein gehört schließlich zu unserem Job als Vater und Mutter, mehr noch, es ist ein ungeschriebenes Gesetz des Elternseins: Du sollst alles toll finden, was deine Kinder an Kreativität zustande bringen! Überall hört und liest man, wie wichtig das ist. Dies verbunden mit der wissenschaftlich fundierten Erkenntnis, dass wir in einer Gesellschaft leben, die grundsätzlich zu wenig lobt, und dass uns allen – in besonderem Maße aber eben Kindern – positives Feedback viel mehr „gibt" als nörglerische Kritik.

Ich will das gar nicht bestreiten und kurzfristig gesehen ist das alles schön und gut. Die langfristigen Konsequenzen können aber unter Umständen fatal sein. Mehrere erfolgreiche TV-Showformate bestehen nur deswegen, weil Eltern, Verwandte oder Freunde es verpasst haben, jungen Menschen ehrlich zu sagen, dass ihr Talent dann doch eher überschaubar sei, dass ihre Stimme zum Reden tauge, zum Singen aber eher so gar nicht. Vor allem aber, dass es zum Superstar-Sein sehr wahrscheinlich nicht reichen werde. Diese Art von Unehrlichkeit kann schlimmstenfalls darin münden, dass talentfreie Jugendliche mit mangelnder Eigenwahrnehmung im Fernsehen gnadenlos vorgeführt werden und sich andere genau daran ergötzen. Man kann trefflich darüber streiten, was tiefere seelische Schäden zurücklässt: ein offenes Wort unter vier Augen zur rechten Zeit oder eine peinliches Total-Desaster vor einem Millionenpublikum.

Ich persönlich bin für eine mit Fingerspitzen dosierte und ganz viel Liebe durchtränkte Variante eins. Nicht, dass Sie mich falsch verstehen, ich bewundere die Maltalente meiner Töchter in hohem Maße, was allerdings kein echter Maßstab sein kann, wenn man wie ich seit frühester Kindheit ein ausgemachter Mal-Legastheniker ist. Ich erinnere mich nur allzu gut daran, wie oft mir meine Mutter bei Wochenhausaufgaben in Kunst mit Bleistift- oder Pinselstrichen aushelfen musste, sodass ich am Ende im Zeugnis gerade noch mit einer schmeichelhaften 3 minus davonkam. Kein Wunder, dass im Hause meiner Eltern kaum noch ein gemaltes Kinderbild von mir existiert. Mit einer Ausnahme: Felix, der Cockerspaniel. Er hängt immer noch staubig-verstohlen in der Ecke des jetzigen Gästezimmers. Mit dem süßen Felix verbrachte ich die einzigen zwei Wochen meines Lebens, in denen ich begeistert und voller Ehrgeiz gemalt habe, bis er schließlich fertig war. Am Ende fehlte nur noch Feld 148, die weiße Schnauze. Meine Mutter fand Felix derart gelungen, dass sie ihn rahmte und direkt neben dem Kruzifix über der Tür im Wohnzimmer aufhängte. Sicher gab es im Laufe der Zeit Gäste im Hause meiner Eltern, die sich gefragt haben, wer von beiden – Felix oder Jesus – mehr Leid ertragen hatte, ehe er an die Wand genagelt wurde. Meiner Mutter war aber völlig egal, dass Felix so verschwommen aussah, als hätte ihn mein Minus-sieben-Dioptrien-Vater ohne Brille gemalt. Zudem hatte Felix rot lackierte Pfoten und sein Fell einen kreisrunden lila Haarausfall. Irgendwas muss bei den nummerierten Feldern schiefgelaufen sein, meine Mutter sprach sogar offen von einem Produktionsfehler, aus dem ich aber wirklich noch was Tolles gemacht hätte. Unter den mütterlichen Tisch kehrte sie dabei, dass der drollige „Malen nach Zahlen“-Spaniel eigentlich für Sechsjährige empfohlen war und ich damals schon stramm auf die zehn zuging. Tja, Mütter sehen eben mehr mit dem Herzen als mit den Augen. Zum Glück gab es damals noch keine Talentshows, ich befürchte, sie hätte mich vor lauter Begeisterung mit meinem gekreuzigten Felix dort angemeldet.

22
Messe der Gescheiterten

Mit fast 47 Jahren ist es schon etwas gewagt zu behaupten, sich in der Mitte des Lebens zu befinden, beziehungsweise zeugt es zumindest von einem naiv-optimistischen Gottvertrauen in die Weiterentwicklung der modernen Medizin. Mit zunehmendem Alter ist es somit umso wichtiger, optimistisch zu bleiben, Dinge nicht so schwer, besser noch mit Humor zu nehmen. Wie zum Beispiel ein befreundeter evangelischer Religionslehrer aus dem Vordertaunus, der mich unlängst zu seiner Scheidungsparty einlud, die das Motto trug: „Der Herr hat´s gegeben, die Frau hat´s genommen."

Kein Scherz, Scheidungspartys gibt es heutzutage immer häufiger. Schon 2015 fand in Dortmund die erste deutsche Scheidungsmesse statt. Nein, das war kein Gottesdienst, der den Satz „bis dass der Tod euch scheidet" per beweihräuchertem Segen wieder revidierte, sondern eine Eventmesse mit allem Pipapo in der Westfalenhalle. Diese Messe versteht sich laut Veranstalter als „Neustart-Event", dessen Aussteller viele Dienstleitungen anbieten, die Mann oder Frau benötigt, um sich erfolgreich scheiden zu lassen: Anwälte informieren zur Rechtslage, Finanzdienstleister kalkulieren, für wen sich eine Scheidung rechnet und wer sie wirtschaftlich gesehen eher vermeiden sollte. Ebenso beraten Versicherungsagenturen, wie man mit Lebensversicherungen umgeht, von denen im Falle eines spontanen Ablebens nur der mittlerweile gehasste Ex-Gatte profitiert. Glaubt man einem Internetartikel, gab es auf dieser Messe in Dortmund auch einen Stand, an dem Männer einen Spontan-Vaterschaftstest machen konnten. Ob sie an einem benachbarten, mit offenherzigen Playboy-Fotos dekorierten Messestand auch den Grad ihrer Zeugungsfähigkeit spontan testen lassen konnten, ist leider nicht überliefert. Ergänzt wurde diese Eventmesse in Dortmund durch weitere praxisorientierte Ausstellungsstände aus dem urbanen Umfeld eines Neustarts. Es präsentierten sich dort zum Beispiel kosmetische Zahnärzte, Gesichtschirurgen, Styling- und Typberater, Fitnessstudios und Hairstylisten. Das leuchtet ein: Sollte mich meine Frau irgendwann mal auf den Mond schießen, werde ich umgehend einen Gesichtschirurgen aufsuchen. Womöglich kann ich ja dann – ein, zwei Jahre später, wenn alles verheilt ist – meine mittlerweile Ex-Frau noch mal ganz neu kennenlernen.

Ich möchte diese Scheidungsmessen mit all ihren tollen Dienstleistungsangeboten nicht allzu sehr infrage stellen, aber die Überlegung, ob meine Frau mich vielleicht erst gar nicht verlassen hätte, wenn ich mir schon früher von einem kosmetischen Zahnarzt meine faulig-schiefe Visage hätte richten lassen, darf an dieser Stelle ruhig einmal gestellt werden.

Dass die katholische Kirche diesen Scheidungsmesse-Event weniger gut findet, überrascht kaum. „Es ist befremdlich, dass bei dieser Veranstaltung das Scheitern zum Event wird. Es wird dadurch ein gewisser Wertewandel deutlich", sagt Michael Bodin von der katholischen Pressestelle in Dortmund. Nun, lieber Herr Bodin, auch wenn ich Ihnen in der Sache aus tiefstem Herzen recht gebe, müssen auch Sie sich der Realität stellen. Seit vielen Jahren schon ist die öffentliche Inszenierung des Scheiterns ein wichtiger medialer Wirtschaftsfaktor. Modernes Fernsehen ist nun mal zu einem großen Teil das Zurschaustellen eines Werteverlusts, aktuell im Dschungelcamp, aber auch in den Superstar-Cateringstudios zu bestaunen.

Aber zurück zur Scheidungsmesse. Etwas irritiert entnahm ich diesem Artikel dann noch, dass auf dieser Eventmesse auch eine Scheidung verlost wurde. Wie muss ich das verstehen? Mussten sich auf der Messe anwesende Noch-Paare dann zwangsscheiden lassen? Oder bot es lediglich für an sich schon Scheidungswillige den letzten Ausschlag, es nun endlich anzugehen, wohl wissend, dass alle anfallenden Kosten inklusive einer ordentlichen Scheidungssause vom Veranstalter übernommen würden? „Wenn auf einer Hochzeitsmesse Brautkleider verlost werden, dann dürfen wir auch auf der Scheidungsmesse eine komplette Scheidung verlosen", argumentierte der Messeveranstalter und Geschäftsführer von *scheidung.de*. Klingt plausibel, insofern ist davon auszugehen, dass man mittelfristig im Rahmen von Beerdigungsmessen auch eine Bestattung gewinnen kann. Eine solche Verlosung wird dann vermutlich die etwas gruselige Trauerfeierpassage „Wir beten auch für denjenigen unter uns, der dem Verstorbenen als Nächstes folgen wird" ersetzen, die stets für betretene Rundumblicke auf Friedhöfen sorgt. Zukünftig könnte es dann heißen: „Wir freuen uns für Losnummer 84, dessen Bestattung hiermit schon bezahlt ist. Wir bitten um zeitnahe Einlösung des Gutscheins." Und dann wäre die Messe gelesen.

23
Eigentlich ...

„Papa, sag mal, freust du dich eigentlich auf deinen Geburtstag?“, fragt mich die Achtjährige vor etwa drei Wochen. „Hmm“, antworte ich leicht irritiert auf diese – aus Erwachsenensicht – ziemlich abwegige Frage. „Also ... eigentlich schon“, ergänze ich zögerlich und fühle mich dabei nahe einer Notlüge. „Na ja, was heißt jetzt freuen ...“, schiebe ich noch schnell gedankenversunken hinterher, aber da ist die wuselige kleine Dame schon längst wieder abgedüst.

Ja, es stimmt, ziemlich genau während Sie diese Zeilen lesen, werde ich ein Jahr älter. Mal wieder. Eher so nebenbei, ohne viel Brimborium, wie das so ist in den Vierzigern. Eine Megasause gibt es nicht, schließlich es ist ja kein runder Geburtstag. Vermutlich werde ich meine Eltern und meine Schwiegermutter zum Kaffeetrinken bei selbst gebackenem Kuchen an einer nett dekorierten Tafel zu mir nach Hause einladen und abends mit meiner Frau und meinen beiden Töchtern in ein schickes Restaurant zum Abendessen gehen. Das ist ja mal das Mindeste an so einem Ehrentag. Okay, Dekoration ist nicht so mein Spezialgebiet, ein paar nette Geburtstagsservietten tun es sicher auch. Und vielleicht muss es ja auch nicht zwingend aufwendig Selbstgebackenes sein. Warum nicht einfach mal eine Torte auftauen? Die tiefgefrorenen Produkte von „Villeroy und Boch“ sind richtig lecker. Nee, Moment, die Firma hieß anders, war aber auch ein Pärchen ... Egal.

Oder ich hole einfach einen schönen Blechkuchen vom Bäcker, zumal meine Frau und ich ohnehin noch bis zum frühen Nachmittag arbeiten müssen und unsere beiden Kinder jeweils noch eine Nachmittags-AG besuchen, ehe ich die Kleine zum Kommunionunterricht fahren muss, woran sich eigentlich noch die Flötenstunde anschließt. Ach, eigentlich wäre alles viel stressfreier, wenn wir das Kaffeetrinken auf das folgende Wochenende verschieben würden. Wobei, stopp, da habe ich einen Auftritt, deswegen besser das überübernächste, denn am übernächsten kann meine Schwiegermutter nicht. Ach nee, da ist ja schon fast Fasching, nein, das ist auch schlecht. Dann macht es doch viel mehr Sinn, gleich zu warten, bis unsere kleine Geburtstagsrunde hübsch draußen in der Frühlingssonne sitzen kann. Der Termin darf sich nur nicht mit dem Geburtstag meines Vaters überschneiden, das wäre unglücklich. Obwohl ... Eigentlich wäre ein Zusammenlegen gar nicht so unklug, schließlich handelt es sich ja um die gleichen Gäste und man könnte zwei Geburtstagsfliegen mit einer Kaffeeklatsche erledigen. Wie dem auch sei, irgendwann holen wir das Kaffeetrinken auf alle Fälle nach, man muss ja heute noch nichts terminlich in Stein meißeln. An meinem Geburtstag selbst genügt es eigentlich völlig, abends schick essen zu gehen. Vielleicht mal ins hochgelobte „Le Crabe" nach Kirch-Göns? Wobei, nein, das wollten meine Frau und ich eigentlich schon lange mal alleine und in aller Ruhe genießen. Dumm nur, dass unser Lieblingsitaliener Betriebsferien hat und der nette Grieche gerade renoviert. Am Ende werden wir wahrscheinlich wieder im allseits bekannten Schnellrestaurant sitzen, weil meine Frau am späteren Abend ohnehin noch Klassenarbeiten korrigieren und ich im Nebenzimmer eigentlich die nächste Kolumne schreiben muss. Zudem hat das Restaurant mit dem großen „M“ letzte Woche erst wieder seine DIN-A-4-großen Gutscheinbögen per Sonntagmorgenzeitung unters Volk gebracht. „Die müssen wir unbedingt alle einlösen“, mahnt die Kleine und schon skandieren unsere im Fastfood-Gedanken verschwisterten Töchter den Namen des Burger-Riesen. Na gut, eigentlich ist es eine ganz bequeme Lösung. Vor Ort sind die aktuellen Spielsachen der „Gute-Laune-Tüte“ gerade so interessant, dass ich mich überreden lasse, auch eine solche fröhliche Tüte zu bestellen, die ich eigentlich nicht mag. Und so wird aus einer feierlichen Kaffeetafel mit selbst gebackenem Kuchen und einem Drei-Gänge-Menü im hochwertigen Restaurant ein Sechserpack Nuggets, eine kleine Pommes, ein Becher Apfelschorle und ein nutzloses Plüschtier nach Wahl, das nicht einmal „Happy Birthday“ sagen kann. Genauso wird es kommen und das ist auch völlig okay. Weil es eben so ist. Weil der Familienalltag einem immer wieder Kompromisse abverlangt und vor einem simplen Geburtstag nicht Halt macht. Und weil einem als Mittvierziger der Geburtstag eigentlich nicht mehr so wichtig ist. Nicht so wie als Zehnjähriger, wo man sich schon Wochen im Voraus auf diesen einen besonderen Tag freute, an dem man so bedingungslos im Mittelpunkt stand. Das ist lange her. Eigentlich ... ist das furchtbar schade. Und eigentlich müsste ich an meinem Geburtstag alles ganz anderes machen. Eigentlich ...

24
Eiszeit

„Kinder bekommen mehr mit, als man denkt", heißt es im Volksmund. Das stimmt. Mittlerweile hat unsere Achtjährige auch mitbekommen, dass nach Barack Obama nun ein anderer Wind jenseits des Atlantiks weht. Erst vor wenigen Monaten haben wir ihr erklärt, dass für viele Jahre eine Mauer unser Land teilte, und nun müssen wir ihr erläutern, warum Obamas Nachfolger eine Mauer in Richtung Mexiko errichten möchte.

Unsere große Tochter ist 14 und beäugt die politischen Veränderungen der letzten drei, vier Jahre natürlich schon viel intensiver und ist entsprechend in Sorge um den Weltfrieden. So wie ich damals, Anfang der Achtziger, als ein grimmig dreinschauender Leonid Breschnew die „UdSSR" regierte. Noch heute verbinde ich Breschnew mit dem ominösen „roten Knopf" und einem möglichen Atomkrieg. Damals war klar: Wenn, dann geht der dritte Weltkrieg von Russland aus. Auch Stings Welthit „Russians" aus dem Jahr 1985 zeugt von dieser Weltsicht. „Wie kann ich meine Kinder vor Oppenheimers Waffe beschützen?", fragte er sich und sinnierte weiter: „I hope the Russians love their children too." Er fragte nicht nach den Amerikanern, denn Amerika war ja gut und die UdSSR böse. So einfach war das damals. Ganze James-Bond-Kinofilme basierten auf diesem simplen Schwarz-weiß-Schema.

Heute ist die politische Weltlage komplexer, klare Feindbilder sind nicht mehr so leicht auszumachen wie damals. Mal von extremistischen Terrororganisationen abgesehen. Heute weiß ich ehrlich gesagt nicht, vor wem meine Töchter mehr Angst haben müssen: vor dem Macho-Angler mit nacktem Oberköper im Osten oder der „bekifften Blondine“ (Zitat eines Kabarettkollegen) in Washington. „I hope the Americans love their children too“, möchte man derzeit Stings Song abändern.

Immerhin wächst in Amerika gerade in Windeseile eine Gegenbewegung heran, die es in Bezug auf einen amerikanischen Präsidenten derart massiv noch nicht gegeben hat. Auf Twitter findet man sogar eine „Ich bereue“-Plattform (#trumpregrets), auf der sich Trump-Wähler entschuldigen und einen Fehler einräumen. Ehrlich gesagt hält sich mein Mitleid da in Grenzen, denn der föhnfrisierte Republikaner hat im Vorfeld ziemlich genau geschildert, was er nach einem etwaigen Wahlgewinn so vorhat. „Kann jemand ahnen, dass ein Politiker seine Wahlversprechen auch durchsetzt?“, könnte so manch Politikverdrossener nun argumentieren. Die Amerika-Wahl hat jedenfalls gezeigt, dass man es nicht kategorisch ausschließen sollte.

Dies muss uns allen bewusst sein, wenn wir im September selbst wählen und dort eine Partei antreten wird, deren Spitzenpersonal – mehr oder weniger versteckt – die Auschwitz-Verbrechen nahezu leugnet. Dagegen erscheint sogar Trumps Leugnen des Klimawandels vergleichsweise harmlos. Nun sind es in Deutschland ausnahmsweise mal die großen Parteien der Mitte, die in der Pflicht sind, die große Schar der Nicht-Wähler mobilisieren. Aber es reicht nicht, alles den Politikern zuzuschieben. Alle, die eine Trump-affine Politik hier in Europa (man denke nur an Frankreich und die Niederlande) verhindern möchten, sind in der Verantwortung, ein kleines Stück Wahlkampf mitzumachen und persönliche Überzeugungsarbeit für eine echte Demokratie zu leisten.

Wie dem auch sein, 14 Jahre alt möchte ich in diesen weltpolitisch unsteten Tagen nicht sein. Meine beunruhigte Tochter hat sich sogar schon im Internet darüber informiert, welche Voraussetzungen in Amerika für ein Amtsenthebungsverfahren gegeben sein müssen. Zuletzt war es Bill Clinton, der wegen eines vermeintlichen Meineides in der Lewinsky-Affäre mit einem tiefblauen Auge davonkam. Auch diese kleine außereheliche „mündliche Unterredung" zwischen Präsident und Praktikantin erscheint heute vergleichsweise banal, verstößt Trump doch – laut einem Bundesgericht in Seattle – mit seinem Einreiseverbot mal eben gegen die Verfassung des Landes, das er regiert. Zum Vergleich, hier bei uns muss man zurücktreten, wenn zwei Minipassagen einer 15 Jahre zurückliegenden (und von höchster Universitätsstelle abgesegneten) Magisterarbeit möglicherweise abgekupfert sein könnten.

Aber noch mal kurz zurück zum Klima: Am vergangenen Donnerstag wurde – wie seit Jahrhunderten – im „Land der grenzenlosen Unmöglichkeiten" (wie es seit Trump wohl heißen muss) wieder ein armes kleines Murmeltier aus seinem Winterbett geweckt und aus seiner Höhle ans Tageslicht gezerrt. Draußen wartete die Nation darauf, ob das arme Tier – sonnenbedingt – einen Schatten wirft. Falls ja, wird es bald Frühling. Falls nein, bleibt es noch mindestens sechs Wochen Winter.

In diesem Jahr ist der Ausgang dieses „Spektakels" aber eigentlich egal, denn niemanden schocken sechs Wochen Winter, wenn man sich gerade auf mindestens vier Jahre Eiszeit einrichtet.

25
Alles Maria oder was?

Vor zwei Wochen habe ich an dieser Stelle skizziert, welchen Verlauf meines Geburtstags ich für wahrscheinlich halte. Heute darf ich ergänzen, dass wir es tatsächlich geschafft haben, am Abend nicht im öden Fastfood-Restaurant zu landen, sondern in einem wirklich schönen Restaurant über den Dächern Gießens, wo wir leckeres Essen und einen abendlichen Blick über die Stadt und in die beleuchteten Straßen und Hinterhöfe hinein genossen. Mitten in die romantische Familienrunde platzte der Anruf meiner Mutter, die mir nicht nur herzlich gratulierte, sondern auch – wie jedes Jahr – schilderte, dass ich exakt um halb sieben Uhr abends zur Welt gekommen bin. „Ja, Mama, ich weiß", antwortete ich wie jedes Jahr. Dann aber überraschte mich meine Mutter doch noch mit etwas Neuem: „Weißt du eigentlich, dass ihr beide (gemeint waren meine Schwester und ich) an einem kirchlichen Feiertag geboren seid?", fragte meine Mutter, ohne auf eine Antwort zu warten. Dass ich an Mariä Lichtmess geboren bin, hatte ich als katholisch aufgewachsenes Kind schon längst mitbekommen. Aber meine Schwester? Am 15. September? Dazu fiel mir beileibe kein Kirchenfeiertag ein. „Deine Schwester ist an Maria Schmerzen geboren, das passt doch, oder?", erläuterte meine Mutter begeistert. Dazu müssen Sie wissen, dass meine Mutter Annemarie heißt und bei der Geburt meiner Schwester sicher auch Schmerzen hatte. „An was?!?", fragte ich sichtlich überfordert und würgte das Gespräch ab: „Mein Salat wird kalt, Mama."

Tse, Maria Schmerzen, von solch einem Feiertag hatte ich nun wirklich noch nie gehört. Grund genug für mich, mal den ganzen Marienfeiertagen, die sich so im katholischen Jahreskalender tummeln, nachzuspüren. Zunächst erfuhr ich, dass *Mariä Lichtmess* früher wahlweise *Unserer Lieben Frauen Lichtweihe* oder aber *Mariä Reinigung* genannt wurde, seit dem Konzil in den Sechzigerjahren aber wieder zu einem *Herrenfest* wurde und nun als Fest der *Darstellung des Herrn* bezeichnet wird. Alles klar so weit? Dass dieser Gedenktag ursprünglich mit zwei unterschiedlichen Riten zusammenhängt, zum einen der Beschneidung männlicher Babys, zum anderen dem 40-tägigen „Unreinsein" der Mutter nach der Geburt eines Sohnes, bringt noch mehr Unklarheit in diesen nebulösen Kirchengedenktag. Übrigens, nach der Geburt einer Tochter galt eine Frau satte 80 Tage als „unrein", das würde heute keine Gleichstellungsbeauftragte der Welt mehr durchgehen lassen.

Im Namen meiner kleinen Kirchengedenktagsrecherche bin ich neben Mariä Lichtmess und Maria Schmerzen noch auf andere explizite Marien-Ehrentage gestoßen: *Maria Himmelfahrt* (15. August), *Mariä Verkündigung* (25. März), *Unserer Lieben Frau vom Rosenkranz* (7. Oktober), *Unserer Lieben Frau in Lourdes* (11. Februar), *Unbeflecktes Herz Mariä* (Samstag nach dem Herz-Jesu-Fest. Ein konkretes Datum nennt meine Quelle nicht, offenbar muss jeder gute Katholik wissen, wann das ist) und *Unserer Lieben Frau auf dem Berge Karmel* (WAS?!?). Zuletzt rausgefallen aus dem kirchlichen Kalender ist das Ordensfest *Maria de Mercede-Fest der allerseligsten Jungfrau vom Loskauf der Gefangenen*. Ja, so heißt das wirklich. Dass dabei eine Jungfrau unter Gefangenen verlost wurde, ist aber nur die einfältige Vermutung eines mittelhessischen Satirikers, der sich über solch skurrile Gedenktagsnamen ein Grinsen nicht verkneifen kann. Ebenso stellt sich die Frage, warum man mal *Maria*, dann wieder *Mariä* sagt. Warum wird da am Ende aus einem *a* ein doofes *ä*? Ich persönlich sage zu meiner großen Tochter nie *Lenä*. Nicht mal am Gedenktag ihrer Namenspatronin, der *Heiligen Helenä*, Verzeihung *Helena*. Ebenso habe ich auch noch nie die Namensvarianten *Klaus Mariä Brandauer* und *Christoph Mariä Herbst* gehört.

Womöglich habe ich aber bei meiner Recherche sogar noch ein paar Marienfeiertage übersehen. Wer weiß, vielleicht feiern alle katholischen Hobbyköche dieser Welt am 17. März *Maria Hilf*. So nennt man alltagsprachlich eine Allzweckgewürzmischung. Es könnte sich aber auch um einen österreichischen Festtag handeln, denn *Maria Hilf* heißt auch der 6. Wiener Stadtbezirk. Der eifel-hessische Feiertag *Maria Laach* ist bislang nicht erfasst, denn noch ist völlig unklar, wo genau die Gute laach. (Verzeihen Sie mir diesen Wort-Kalauer.)

Übrigens, ein Abfallprodukt meiner Marienrecherche ist die Tatsache, dass im Englischen der Begriff *the black Maria* für unseren deutschen Begriff *die grüne Minna* steht. Wann genau die Polizeiinnung den Gedenktag ihrer Kultfahrzeuge feiert, ist mir allerdings nicht bekannt. Und wenn wir schon beim Fahren sind, mal ´ne ganz andere Frage: Christi Himmelfahrt, Maria

Himmelfahrt? Hätten die nicht zusammen fahren können?

26
Weil halt

Jahr für Jahr wird zu dieser Jahreszeit von der Gesellschaft für deutsche Sprache (GfdS) das „Unwort des Jahres“ bekannt gegeben: Dies ist ein Begriff, der einen besonders verletzenden oder diffamierenden Charakter an den Tag legt. Die GfdS möchte damit „die Grenzen des öffentlich Sagbaren in unserer Gesellschaft“ anmahnen. Vor diesem Hintergrund erscheint der kürzlich zum Unwort 2016 gekürte Begriff „Volksverhetzer“ auf den ersten Blick keine falsche Wahl. Als solche mussten sich im vergangenen Jahr führende deutsche Politiker seitens einiger Rechtspopulisten betiteln lassen. Natürlich gibt es auch bei unseren Volksvertretern gute und weniger gute, aber niemand hat es verdient, sich solchen beleidigenden Anfeindungen aussetzen zu müssen und von sogenannten „Wutbürgern“ (Wort des Jahres 2010) beschimpft zu werden, die – zumindest in diesen aufgebrachten Momenten – all das vermissen lassen, was ich persönlich für eine gewisse Grundausstattung eines jeden Menschen halte: Respekt, Toleranz, Empathie und die Fähigkeit zu differenzieren.

Parallel zur Unwort-Wahl kürt eine Jury unter dem Dach des Langenscheid-Verlags jedes Jahr das „Jugendwort des Jahres“. Mit Mitte 40 bin ich froh, dass mir auf der betreffenden Internetseite die zur Abstimmung gestellten Worte beziehungsweise Wortkonstrukte altersgerecht erläutert werden. Nie im Leben wäre ich darauf gekommen, dass man in Jugendkreisen diese dusseligen Selfie-Stangen „Vollpfostenantennen“ nennt, ein simples Bier als „Hopfensmoothie“ und eine langsame Internetverbindung als „Bambusleitung“ bezeichnet. „Overcut“ steht für Halbglatze, „Analog-Spam“ für Werbeblättchen im Briefkasten, „Ameisen-titten“ (Entschuldigung ...) für Gänsehaut und „Banal-verkehr“ für einen inhaltslosen Chatverlauf.

So weit, so originell, im Alltag begegnet sind mir diese Begriffe – obwohl ich zweifacher Vater bin – bisher noch nie. Wahrscheinlich sind meine Töchter noch zu jung und vermutlich gedeiht so eine echte, hippe Jugendsprache in Berlin-Neukölln auch besser als in Butzbach-Pohl-Göns. Meine ganz persönliche Wahl zum Jugendwort des Jahres sähe übrigens völlig anders aus. Ich würde zunächst auch nicht über Begriffe nachdenken, die unsere Töchter besonders häufig verwenden, sondern über die, die sie nicht sagen. Verben zum Beispiel. Es gibt Phasen, in denen ich wirklich befürchte, dass Verben mehr und mehr aus dem aktiven Sprachgebrauch unserer Töchter verschwinden: „Kann ich Cola?“ „Darf ich Schokolade?“ „WAS DENN?“, antworte ich dann genervt. „Was willst du mit der Schokolade denn machen? Aus dem Fenster werfen? Mit in die Sauna nehmen? Schminken?“ Natürlich weiß ich nur allzu gut, was die kleinen Damen wollen, aber mit aus reiner Faulheit verknappter Sprache geht bei mir gar nichts. Hin und wieder lasse ich mich sogar dazu verleiten, anwesende Freundinnen meiner Töchter diesbezüglich zu maßregeln, obwohl es ja gar nicht meine Erziehungsbaustelle ist.

Egal, eigentlich ging es mir ja darum, mein persönliches Jugendwort des Jahres zu benennen. Hierbei küre ich eines, das ein anderes meiner Jugend abgelöst hat. Immer wenn meine Eltern mich mit „Warum"-Fragen nervten, blieb mir irgendwann nichts anderes mehr übrig, als stumpfsinnig „Darum" zu antworten. „Warum?" „Darum", dieses Spielchen konnte ich bis zum Exzess betreiben. Umso interessanter finde ich es zu beobachten, wie sich dieses Kommunikationsmuster in die Jetzt-Zeit übertragen hat. Heute sind es meine Frau und ich, die ständig wissen wollen, *warum* etwas nicht so funktioniert, wie wir das gerne hätten. Während die 14-Jährige in solchen Fällen – der Pubertät angemessen – kampfschweigt (was uns Eltern natürlich in den üblichen Wahnsinn treibt), antwortet die Kleine nach einem aktualisierten „Darum"-Schema, nämlich: „weil halt". Oder kurz: „weil". Ja, „weil" ist das neue „darum", bedeutet aber exakt das Gleiche wie vor 40 Jahren, nämlich: „Mann, Papa, ich habe keinen Bock, das zu erklären, und jetzt hörauf zu nerven."

Andere Zeiten, andere Worte. Um mit meinen Kindern kommunikativ in Kontakt zu bleiben, habe ich nun damit begonnen, weitere jugendsprachliche Vokabeln zu pauken und diese im Alltag anzuwenden. Insofern kann ich ganz hipp ankündigen, am Wochenende mal so richtig „abzuschädeln" und „am fly zu" sein bis die „Trachtengruppe" kommt. Übersetzung gefällig? „Abschädeln" meint sich die Lichter ausschießen, „am fly sein" steht für besonders „abgehen" und die „Trachtengruppe" ist nichts anderes als die gute alte Polizei. Ich hab´s drauf, oder? Schließlich will ich mir ja nicht nachsagen lassen, ein „Festnetztelefonierer“ zu sein. Am Sonntag gehe ich dann wahrscheinlich auch mal wieder in den „Murmelschuppen“ eine Stunde „chillaxen“. Besser als irgendwo zu „cornern“. Klingt gut, oder? Sie wollen wissen, was das nun schon wieder bedeutet? Sag ich nicht! Warum? Weil halt.

27
Von Füchsen und Veganern

Manchmal fragt sich der Kolumnenschreiber schon, warum er sich eigentlich Woche für Woche hinsetzt und im Schweiße seines Angesichts versucht, sich humorvolle Dinge aus den Rippen zu schneiden. Vor allem dann, wenn ihm stinknormale Zeitungsmeldungen humormäßig den Rang ablaufen.

Für den Fall, dass Sie die Meldung, auf die ich anspiele, überlesen haben sollten, möchte ich Sie gerne kurz in Kenntnis setzen: In besagtem Kurzartikel ging es darum, dass in Limburg doch allen Ernstes eine Veganerin per Beschwerde beim Bürgermeister dafür gesorgt hat, dass das deutsche Volkslied *Fuchs, du hast die Gans gestohlen* aus dem Repertoire des Rathausglockenspiels genommen wird. Der Grund? Sie wohne in der Nähe des Rathauses und ihr missfalle ein ums andere Mal die Zeile *dann wird dich der Jäger holen mit dem Schießgewehr*. Es klingt unglaublich, aber so stand es am 10. Februar in unserer Zeitung. Am ersten April hätte ich es zu 100 Prozent für einen guten satirischen Scherz der Lokalredaktion gehalten. Zumal es doch in der Natur der Sache liegt, dass ein Glockenspiel über gar keine Singstimme verfügt, der fuchsfeindliche Text also gar nicht vorgetragen wird. Die angedeutete Meuchelei geschieht also lediglich im fleischlosen Kopf dieser militanten Veganerin. Nicht, dass wir uns missverstehen, ich respektiere jeden, der fleischlos oder vegan lebt, aber irgendwo ist auch mal gut. Das Bestürzende ist aber, dass der Limburger Rathauschef dieser absurden Bitte nachkommt. Der heißt übrigens – das ist auch kein Scherz – „Hahn". Tja, da hätte der Hahn gegenüber dieser Veganerin – wie sagt man heute umgangssprachlich – mehr „Eier" unter Beweis stellen sollen. Obwohl, dann wäre es ja ein Huhn. Und Veganer mögen ja bekanntlich kein Huhn, weil da ja Ei drin ist. So beißt sich die Katze in den Schwanz. Oje, habe ich da mit dieser unbedachten Äußerung Veganer beleidigt? Ich will ja nicht die *Pferde scheu machen* (denn das wäre ja Tierquälerei), aber was, wenn diese Limburgerin eine Gruppe Gleichgesinnter um sich schart und zukünftig nicht nur gegen fiese Anti-Tier-Songs vorgeht, sondern auch gegen Redewendungen, bei denen Tiere zu Schaden kommen. Dürfen wir irgendwann nicht mehr *Klappe zu, Affe tot* sagen, weil es so bestialisch ist? Ist es in Zukunft Tierquälerei, wenn man einen *Frosch im Hals* hat? Darf man *Eulen* nur dann *nach Athen tragen*, wenn der Transport artgerecht vonstatten geht? Womöglich dürfen wir auch nie wieder guten Gewissens einen *dicken Fisch an der Angel haben.* Weitere Fragen drängen sich auf: Darf ich noch ohne schlechtes Gewissen *Krokodilstränen* weinen? Wird man von Limburger Veganern angezeigt, wenn man sagt: *Da wird der Hund in der Pfanne verrückt*? Chinesen sähen das sicher entspannter.

Nicht zuletzt wegen solcher wirklich dämlicher Aktionen wie der dieser Limburgerin müssen sich auch alle netten Veganer bis heute den einen oder anderen doofen Spruch gefallen lassen. Zum Beispiel den hier: Wie nennt man eine Demonstration von Veganern?

Gemüseauflauf! Oder den hier: Veganer pupsen nicht, sie lassen einen Farn. Süß ist auch der: Liebe Veganer, hört auf, Pilze zu essen, da wohnen Schlümpfe drin. Obwohl Sa-Tiere (huch, auch da stecken welche drin) bekanntlich alles darf, höre ich nun aber auf mit dem Veganer-Dissen.

Wissen Sie, meine Rage resultiert einzig und allein aus diesem Artikel über das ausgebootete, gute alte Fuchs-Volkslied im Glockenspiel zu Limburg. Übrigens, ich habe Herrn Bürgermeister Hahn per Mail schon einige Ersatzlieder vorgeschlagen: Inhaltlich gut passen würde *Fox on the run* von The Sweet. Da wäre der Fuchs zwar sein Leben lang auf der Flucht, würde aber zumindest überleben. Obwohl, nein, man darf sich diesen militant-veganen Forderungen nicht beugen, sondern sollte offensiv dagegenhalten. Wenn schon nicht *Fuchs, du hast die Gans gestohlen*, dann aber wenigstens *Ein Hund kam in die Küche*. Genau, bitte mitsingen, *und stahl dem Koch ein Ei. Da nahm der Koch den Löffel und schlug den Hund entzwei*. Heißa, wie schön, ich höre jetzt schon den pikierten Tofu-Aufschrei aus Limburg. Oder alternativ: *Auf einem Baum ein Kuckuck*. Denn da feiert besagter Jägersmann aus dem Fuchslied ein furioses und vor allem treffsicheres Comeback. Und alle: *Der schoss den armen Kuckuck – sim salabim bamba saladu saladim – der schoss den armen Kuckuck tot.*

Klappe zu, Avocado tot.

28
Tiefe Einblicke

Ein Blick auf den Kalender zeigt, dass wir schon wieder mit Fullspeed auf Ostern zurasen. Draußen erwacht die Natur und nach und nach sprießen auch die vielen Wochen- und Frühlingsmärkte wie Krokusse aus dem Boden.

An diesem Wochenende ist bei uns in Butzbach turnusgemäß nun schon wieder Faselmarkt, dessen Wahrzeichen, das große, beleuchtete Riesenrad, wieder grandiose Blicke in die Wetterau, aber auch in die vielen Fachwerkhinterhöfe ermöglicht. Das Rad bietet somit einen heimatlichen Perspektivwechsel, der jeden Cent Fahrtgeld wert ist.

Ganz im Gegensatz zu so manch anderem Marktangebot. Für Pfannen- und Töpfeanbieter, Staubsaugerzubehörverkäufer, Sockenhändler, Duftkerzenfeilbieter, Blumenzwiebelbestücker, Holzspielzeugkaufleute oder Klamottenverhökerer bin ich ein denkbar schlechter Marktkunde. Aber was ist es dann – außer dem Riesenrad und der obligatorischen Waffeltüte –, das mich am Wochenende wieder auf den Jahrmarkt treibt? Es ist eine Art Sammelleidenschaft, der ich dort nachgehen kann. An den vielen Textilständen versuche ich, neue bedruckte T-Shirts aufzuspüren, deren „lustige" (Achtung, Ironie) Sprüche es mir derart angetan haben, dass ich sie sammle. Diese Sammlung besteht bislang nur in meinem Kopf, was sich aber exakt heute ändert, da ich sie nun im Rahmen dieser Kolumne der Öffentlichkeit zugänglich mache. Beginnen wir mit einem Klassiker, irgendwo gesichtet auf einem Markt im Landkreis Gießen: „Ich lege mein Geld in Alkohol an! Wo sonst gibt es bis zu 42 Prozent?“ Was lernen wir daraus? Vorsicht beim Verurteilen hochprozentiger Oktober- oder Wiesenfeste, es handelt sich dabei nicht um bajuwarisch zwangsfröhliche Besäufnisse, sondern schlichtweg um Aktionärsversammlungen.

In eine ähnlich feuchtfröhliche Kerbe zielen die T-Shirt-Sprüche „Steter Tropfen höhlt die Leber“, „Ja, ich als Mann habe auch Gefühle. Ich habe das Gefühl, nun ein Bier zu brauchen“, „Hartz 4 bezahlt mein Bier“ und „Wo früher meine Leber war, ist heute eine Minibar“. Diese Sätze auf einem ausgedehnten Bierbauch, ganz ehrlich, abschreckender können auch die Schockbilder auf den Zigarettenschachteln nicht wirken. Und sollte es bei diesen T-Shirt-Sprüchen ausnahmsweise mal nicht um Alkohol gehen, dann stehen subtile Beziehungsweisheiten, oft einhergehend mit zarten Anbandlungssignalen, im Vordergrund: „Zieh dich aus, leg dich hin, wir müssen reden“, „Wenn du mit mir schlafen willst, dann grins mich jetzt an“ oder „Vögeln muss man dreimal täglich ... Wasser geben“.

Natürlich ist all dies hochgradig frauenfeindlich, aber zum Glück ist die Prosecco-Fraktion heutzutage locker in der Lage, textil-textlich zurückzuschlagen. Als Waffe dienen eng anliegende Shirts mit dem Aufdruck (in passender Höhe) „Ich hab auch Augen, du Arsch!“ Etwas dezenter, aber ähnlich emanzipiert arbeitet eine Shirt-Variante, auf deren Vorderseite „Ich bin noch Jungfrau ...“ zu lesen ist, während auf der Rückseite „... aber das ist ein ganz altes T-Shirt" steht. In die Kategorie „Experimentell bis dadaistisch" fällt ein Shirt, das ich mal auf einem Hessentag erspäht habe: „Sumsen ist Buper, Schicken ist Fön." Hin und wieder sammle ich aber auch Aphorismen und pointierte Weisheiten jenseits bedruckter T-Shirts. Vor einigen Jahren begegnete mir auf der Autobahn ein Lkw mit folgendem Schild am Anhänger: „Vorsicht Damen, meiner ist acht Meter lang." Über solch ein feines Bonmot auf der langweiligen Fahrt von Erfurt nach Dresden freut sich der ehemalige Germanistikstudent natürlich, regt es doch an, sich interpretatorisch näher mit ihm zu beschäftigen. Stilistisch persifliert es ohne Zweifel die gängigen „Achtung"-Warnhinweise auf Lastwagen („Schwertransport", „Anhänger schert aus" usw.), verliert jedoch – trotz aller Karikatur – seinen mahnenden, um Aufmerksamkeit bittenden Charakter nicht. Darüber hinaus lädt es andere Verkehrsteilnehmer zu einem anregenden Rätselspiel ein. Na? Wer ist wohl gemeint, der da so lang ist? Ist es wirklich der Anhänger? Grübel, grübel ...

Ästhetisch aufgewertet werden die vordergründig undurchsichtigen Zeilen durch die fast galante Verwendung des respektvollen Begriffs „Damen". Wie banal würde dieser Spruch doch anmuten, hätte sein Erdichter stattdessen die Begriffe „Tussis" oder gar „Weiber" verwendet. Wie dem auch sei, bedenken sollten wir aber immer Folgendes: Alle diese Sprüche, ob auf T-Shirt oder Lkw, sind immer auch ein Blick ins karge Innenleben ihrer Benutzer. Der letzte T-Shirt-Spruch belegt dies wie kein anderer und könnte symbolisch für diese durchaus gesellschaftsrelevante Literaturgattung stehen, denn ein solches Verzweiflungsshirt ist immer auch ein stummer Schrei nach Liebe: „Alles Schlampen außer Mutti". Arme, geschundene Seelen.

29
Muttizettel

Viele Männer schweigen, wenn sie diskriminiert werden. Ich nicht. Alles beginnt mit folgender Formulierung meiner 14-jährigen Tochter am Freitag vor Fasching. „Papa, ich brauch dann noch so einen Muttizettel." „Einen was?", antworte ich überrumpelt. Millisekunden später scannt mein Gehirn in Windeseile alles ab, was auch nur im Entferntesten mit diesem mir völlig fremden und überaus eigenartigen Begriff korrespondiert. Einen Mutterpass kenne ich, aber darum wird es ja hoffentlich noch nicht gehen. Will meine Tochter womöglich nach fast 15 Jahren per „Muttizettel" bestätigt bekommen, wer ihre leibliche Mutter ist? Nein, daraus habe ich nie ein Geheimnis gemacht. „Ich habe schon alles mit Mama geklärt, du musst das nur aus dem Internet ausdrucken, die Namen von Kathis Eltern eintragen und unterschreiben", erklärt meine Tochter.

„Aha." Ich google los und lerne, dass „Muttizettel" die semioffizielle Bezeichnung einer „Erziehungsbeauftragung" ist. Mit solch einem Schriftstück kann ich eine andere, volljährige Person für die Dauer einer „Tanzveranstaltung" gemäß Paragraf blablabla mit der Aufsicht meiner minderjährigen Tochter beauftragen, die dadurch bis nach 24 Uhr außer Haus sein darf. Da unsere Tochter in der heimischen Prinzengarde aktiv ist und unsere Prunksitzungen sich stets epischer Länge erfreuen, ist dieser Schrieb ein probates Mittel, Rechtssicherheit zu haben. Dies gilt sowohl für Eltern als auch für den veranstaltenden Verein. Mir aber drängt sich die Frage auf, warum dieses Formular meine Spezies so völlig außen vor lässt?

Tse, „Muttizettel", danke auch! Darf ich als Vater nicht mal mehr so viel Mann im Haus sein, selbst zu entscheiden, ob meine Tochter abends länger ausgehen darf und wem ich dafür die Verantwortung übertrage? Grund genug, um mal beim Männerbeauftragten des Wetteraukreises bezüglich dieser offensichtlichen Diskriminierung nachzufragen. Leider gibt es den dort aber nicht. Lediglich einen „Fachdienst Frauen und Chancengleichheit", der – laut Homepage – Frauen und Mädchen informiert, berät und unterstützt. Besetzt ist dieses Büro mit zwei Frauen, war ja klar. Wohin aber mit meinem Männeranliegen? Zur Gleichstellungsbeauftragten? Aber auch da – hessenweit – überall nur Frauen. Im Netz stolpere ich über das deutsche Gleichstellungsgesetz: „In jeder Dienststelle [...] ist aus dem Kreis der weiblichen Beschäftigten eine Gleichstellungsbeauftragte nach geheimer Wahl durch die weiblichen Beschäftigten von der Dienststelle zu bestellen. [...]" Ist es frauenfeindlich, wenn ich mal leise frage, warum eigentlich nur Frauen für Gleichstellung sorgen dürfen? Wir Männer werden aber nicht nur beim „Muttizettel" diskriminiert, denken Sie allein an die Formulierung: „Frauen und Kinder zuerst". Hallo? Alle Menschen sind gleich viel wert, geht´s noch? Die ehemalige Gleichstellungsbeauftragte der Stadt Goslar, Monika Ebeling, die ihren Job verlor, weil sie sich zu sehr für die Belange von Männern einsetzte, weist übrigens in einem Zeitungsinterview darauf hin, dass Jungen in der Kindheit nachweislich häufiger Ritalin verabreicht bekommen als Mädchen, häufiger die Schule abbrechen und schlechtere Bewertungen für die gleiche Leistung bekommen. Das sind keine alternativen, sondern echte Fakten. Ist es dann nicht nur mehr als fair, dass Männer im Berufsleben zum Ausgleich ein höheres Gehalt bekommen, wie es größtenteils noch der Fall ist? Lange haben wir Männer von der Kohle ohnehin nichts, denn – nächste grobe Benachteiligung – auch bei der Lebenserwartung werden wir diskriminiert! Es ist nicht einzusehen, warum wir im Schnitt fünf Jahre früher abnippeln sollen und die Frauen sich von unserer Rente einen schönen Lebensabend machen können. „So ist die Natur nun mal“, wird da manche Frau einwerfen. Falsch! Die differierende Lebenserwartung ist nämlich alles andere als gottgegeben. Die sogenannte „Klosterstudie“ hat bewiesen, dass Mönche nahezu gleich lange leben wie Nonnen. Hört, hört, so hat sich der liebe Gott das also ursprünglich gedacht. Ist das nicht eine ungemein anspornende Gender-Erkenntnis? Unsere jeweilige Lebenserwartung liegt tatsächlich auch in unseren und nicht nur in Gottes Händen.

In meiner Hand liegt hingegen nun der ausgefüllte „Muttizettel“. Das dort angegebene befreundete Pärchen darf nun also einen feucht-fröhlichen Abend lang an unserer Tochter rumerziehen. Viel Spaß auch. Wir sind gespannt, in welch pädagogisch wertvollem Zustand wir unsere Pubertierende zurückerhalten. „Kannst du mich dann um halb eins an der Halle holen, Papa?“, fragt meine Tochter mich schließlich. „Nein,

Schatz, das muss Mutti auf ihrem Zettel haben. Ich bin da schon im Kloster und beginne damit, fünf Jahre länger zu leben."

30
Barbara

Haben Sie auch manchmal das Gefühl, dass, egal wann Sie das Fernsehen einschalten, Sie ständig Barbara Schöneberger begegnen? Womöglich leide ich auch unter einer selektiven Wahrnehmungsstörung, ich habe das Gefühl die dralle Allzweckwaffe der ARD moderiert alle Galas und Preisverleihungen, die bei drei nicht auf den Bäumen sind. Und selbst wenn man die Flimmerkiste mal auslässt, strahlt die blonde Pracht alle vier Wochen vom Titelblatt der neuesten Ausgabe ihres eigenen Magazins, welches – wen wundert's – „BARBARA" heißt.

Bunte Boulevard-Magazine mit weiblichen Vornamen zu betiteln, ist in Deutschland gute Tradition, denken Sie nur an Blätter wie „BRIGITTE", „TINA" „EMMA" oder „PETRA". Auch „LISA"- und „LAURA"-Hefte gibt es. Es ist schon interessant, Männerzeitschriften, die „HORST", „GÜNTHER", „WILLI" oder „RÜDIGER" heißen, konnte ich bei meiner Magazin-Recherche beim besten Willen nicht aufspüren.

Woran liegt das? Eine Bekannte von mir meinte, es hätte damit zu tun, dass Frauen in ihrer Zeitschrift wohl eher eine „FREUNDIN" sehen würden, eine „AMICA", eine „FRAU IM LEBEN" oder sogar eine „FRAU IM SPIEGEL". Männerzeitschriften hießen hingegen eher so, wie und was Männer gerne wären. Dazu führt sie „MEN´S HEALTH", den „PLAYBOY" oder das Lifestylemagazin „GQ" als Beispiele an. Aha. Männer wollen also: fit wirken, ein Frauentyp sein und in Bezug auf die Zeitschrift

„GQ“, was ja für „Gentlemen Quarterly“ steht, nur quartalsweise mal höflich und zuvorkommend sein. Ganz ehrlich, ich weiß nicht, ob meine Bekannte mit dieser gewagten These richtig liegt, denn eine vertiefende Internetrecherche bezüglich der Namen von Männermagazinen wirft eklatante Fragen auf: Wollen Männer wirklich so sein wie eine „PRALINE“, wie ein „COUPÉ“ oder wie ein „ST. PAULI REPORT“? Ich möchte zumindest am Rande betonen, dass ich die entsprechenden Onlineseiten dieser Zeitschriften rein aus beruflichen Gründen aufgesucht und auch mit hochrotem Kopf schnell wieder verlassen habe. Zu verlockend waren Homepages anderer Magazine, die meine Aufmerksamkeit fesselten. Hätten Sie zum Beispiel gedacht, dass es allein 15–20 Fernfahrer- beziehungsweise Truckermagazine gibt (also allein ohne die mit Nackedeis vornedrauf)? Den größten Anteil am Zeitungsmarkt haben jedoch Lifestylemagazine rund um die Themen Dekoration und Essen. Dabei greifen die Titelgeber stilistisch häufig auf Pärchenbildungen zurück: „ESSEN UND TRINKEN“, „LEBEN UND WOHNEN“, „KOCHEN UND GENIESSEN“, „SCHLUCKEN UND SPUCKEN“ oder „SCHRUBBEN UND SPÜLEN“. Ich gebe zu, zwei dieser Titel habe ich erfunden, ich verrate aber nicht, welche.

Gänzlich unerfunden sind allerdings folgende Spartenmagazine: „DAMPF UND HEISSLUFT“ (nein, das ist kein Bügelmagazin, sondern ein Journal für Modellbauer und Nostalgiefreaks) und „GARTENBAHNEN“. Dieses Blatt widmet sich wiederum ausgiebig großen Modelleisenbahnen mit Personenbeförderung, während sich die Zeitschrift „BÄR-REPORT“ weder mit der

Tier- noch mit der Erotikwelt beschäftigt, sondern ein Abo-Muss für alle Teddybärenfreunde ist.

Mein Lieblingsmagazinfundstück ist allerdings ein anderes. Wenn Sie mir eine wirklich große Freude machen wollen, dann schenken Sie mir zu Ostern ein Jahresabo der Zeitschrift „STEEL MASTER-, RAD- UND KETTENFAHRZEUGE VON GESTERN UND HEUTE IM ORIGINAL UND MODELL". Die nähere Beschreibung des Hefts zeigt mir, dass es alles bietet, was ich als friedliebender Ex-Zivildienstleistender schätze: „DAS Magazin für den Militärfahrzeug-Modellbauer! Hier kann selbst der erfahrene ‚alte Hase' noch etwas dazulernen. Neben ausführlichen Modell- und Dioramabau-Berichten (WAS?) werden auch militärhistorische Hintergrundinformationen zu Einsatz und Technik der Originale vermittelt." Eine Sammlung dieses Knaller-Magazins gab es vor einiger Zeit übrigens bei einem Ebay-Anbieter namens „Opas Trödelkiste" zu ersteigern. Die Angebotspalette besagten Anbieters bestach darüber hinaus durch eine interessante Facettenvielfalt. Ich zitiere:„Lego, Modellbau, Bastelbögen, Quartett, Hörspiele, Marine- und Waffen-Arsenal". Alles, was Opis Kriegskiste eben so zu bieten hat. Das Angebot klang so verlockend, dass ich mir dort umgehend etwas bestellt habe. Spätestens übermorgen bin ich dann stolzer Besitzer des Hörspiels „Bibi Blocksbergs willige Helfer", des Alliierten-Quartettspiels „Hitlers schönste Bunker" (ich höre mich schon mit meinen Kumpels zocken wie früher: „Wanddicke 4 Meter, Stich", „bis zu 300 Personen Schutz, Stich") sowie der „LEGO-Schlacht-um-Stalingrad-Winter-Edition". Ups, nun bin ich aber gehörig vom Thema abgekommen, entschuldigen Sie. Wie aber gelange ich nun in wenigen Worten von Waffen zurück zu Barbara Schöneberger? Nun, Sie werden mir diese letzte leise Anzüglichkeit nachsehen, aber dies geht am einfachsten über den sprichwörtlichen Begriff „Atombusen".

31 Demografischer Wandel

Ein befreundetes Pärchen hat sich getrennt. So weit, so normal, schließlich wird heutzutage etwa ein Drittel aller Ehen wieder geschieden. Aus der Ferne beobachten wir nun fassungslos einen Rosenkrieg, den weder wir noch die beiden Protagonisten vor ein paar Jahren für möglich gehalten hätten. Aber wie heißt es doch so schön: Viele Männer lernen ihre Frau erst nach der Hochzeit so richtig kennen, manche sogar erst nach der Scheidung.

Gänzlich ungewohnt ist nun für meinen Kumpel Jens nach 18 Jahren in einer festen Beziehung die Situation als frischgebackener Single. „Von wegen ‚flirten verlernt man nicht, das ist wie Fahrradfahren', Pustekuchen", konstatierte er letzte Woche genervt und gab zu, dass er erst einmal kapieren musste, dass mittelalterliche Märkte und Ü-40-Partys gar nicht dasselbe sind. „Das Schlimmste daran ist aber, wie die Kinder mich beäugen, wenn ich mal Kontakt zu einer anderen Frau aufnehme", ergänzt er.

Einmal mehr gehe ich in mich und stelle mir vor, wie das bei uns laufen würde, wenn das derzeit Undenkbare einträfe. Was würde das mit mir machen, was mit unseren Kindern? Ich kann mich noch gut an meine Kindheit erinnern, als – neben der Angst vor einem dritten Weltkrieg (siehe Seite 91) – meine größte Sorge war, dass mein Vater und meine Mutter sich trennen könnten. Sicher mussten schon fast alle Eltern dieser

Welt nach einer etwas lauteren Meinungsverschiedenheit die Frage ihres Kindes nach einer etwaigen Scheidung über sich ergehen lassen. Wir sagen in solchen Fällen unseren Kindern bis heute, dass wir ja gar nicht streiten, sondern diskutieren würden, auch wenn jeder Erwachsene weiß, dass die Grenzen dabei sehr fließend sein können. Dennoch ist es aber noch keine Lüge. Was aber, wenn das Kind einen bittet: „Versprecht ihr mir, dass ihr euch niemals scheiden lasst?" Kann man da – in Anbetracht der eingangs erwähnten Statistik – wirklich guten Gewissens „Ja" sagen, es verbindlich versprechen?

Ich rette mich dann oft in Gegenfragen oder Alternativvorschläge. „Okay, aber nur, wenn du mir versprichst, niemals ernsthaft krank zu werden oder einen schlimmen Unfall zu haben." „Aber, Papa, du weißt ganz genau, dass ich dir das nicht versprechen kann, das ist doch auch Zufall", erwidert meine Tochter. „Siehst du, so geht es mir auch. Aber wir können uns versprechen, alles dafür zu tun, dass es nicht eintritt, oder?" „Okay!" Meine Tochter scheint zufrieden, setzt dann aber nach. „Geht denn Liebe manchmal auch aus Zufall weg?" „Hmm", antworte ich nachdenklich. „Bei Jonas' Eltern war die nämlich über Nacht weg und Lotte hat mittlerweile sogar zwei Papas", erzählt die Kleine aufgeregt. Aha. Die aktuelle Scheidungsstatistik und der viel zitierte demografische Wandel sind also nun auch hier auf dem Land, sprich in der Klasse meiner kleinen Tochter, angekommen. Mein Gott, als ich so alt war wie sie, war es normal, dass Eltern vier Kinder hatten. Heute haben Kinder vier Eltern.

Diesen Wandel familiärer Strukturen haben nicht nur führende Sozialwissenschaftler, sondern auch andere intellektuelle Anführer unseres Landes schon lange prognostiziert. Denken wir nur an den bekannten Fußballphilosophen Mario Basler, der in den Neunzigern nach einem Spiel mal nassforsch in die TV-Kameras sagte: „Ich grüße meinen Vater, meine Mutter und ganz besonders meine Eltern." Welch ein demografischer Visionär! Dass er 25 Jahre später aufgrund eines präsenilen Aufmerksamkeitsdefizit-Syndroms seinen stattlichen Bierranzen für ein paar Euro durchs Promi-Big-Brother-Haus schiebt, zählte damals sicherlich nicht zu seinen Visionen. „Na ja, Hauptsache, ihr habt in eurem Alter noch Sex. Habt ihr doch, oder, Papa?", reißt mich die Kleine aus meinen unnützen Gedanken über einen unnützen Ex-Fußballer. „Äh, was? Ja ..., klar ...", antworte ich stotternd überrumpelt. Jedenfalls mehr als mein Kumpel Jens. Der hat sich nun übrigens beim Partnerportal „Elitepartner.de" angemeldet, was ich ehrlich gesagt für einen Fehler halte. Wie kann man einem Unternehmen nur so einen bescheuerten Namen geben? „Elitepartner.de". Jenseits der 40 geht es nicht mehr um Elite, da muss man schauen, was auf dem zweiten Markt noch übrig ist. Noch dämlicher ist aber der „Parship"-Slogan: „Alle 11 Minuten verliebt sich ein Single auf Parship." Zahllose Persiflagen dieses Spruches kursieren im Netz, die schwarzhumorigen gehen in Richtung Demenz, manch anderer haarscharf an die Gürtellinie: „Alle 11 Minuten gehen Frauen zusammen aufs Klo. Sie paarschiffen jetzt!"

32
Weißer Sonntag, Teil 1

Am kommenden sogenannten Weißen Sonntag geht unsere jüngere Tochter zur Ersten Heiligen Kommunion und ich stelle fest, dass wir Eltern deutlich relaxter sind als noch vor fünf Jahren bei ihrer großen Schwester.

Damals war alles neu und viel aufregender. Ich erinnere mich noch gut an den Tag, an dem ich mit der damals Neunjährigen in den Kellergruppenräumen des katholischen Gemeindehauses die erste vorbereitende Kommunionkinderkirche besuchte. Dort, wo ich früher selbst etliche Nachmittage meines Lebens als Ministrant verbracht habe. Zögerlich betraten wir den Gruppenraum und ich staunte nicht schlecht. Wenn in den letzten drei Jahrzehnten irgendwo die Zeit stehen geblieben war, dann hier. Die gleichen alten, unbequemen Holzstühle waren zu einem christlich-geselligen Kreis arrangiert, in dessen Mitte die obligatorischen Meditationsbatiktücher lagen, als wären sie nie weg gewesen. Auch an der Raumtemperatur hatte sich nichts geändert, es herrschten immer noch dieselben gottesfürchtigen elf Grad wie früher, sodass alle anwesenden Kinder und Eltern ihre dicken Winterjacken anließen. „Menschen, die nicht ganz freiwillig kommen", schoss es mir durch den Kopf, „sondern vorrangig wegen des Kommunion-Bonusheftchens", das im Vorfeld an alle künftigen Kommunionkinder verteilt worden war. Für jeden besuchten Gottesdienst, jede Gruppenstunde oder kirchliche Sonderveranstaltung wurde ein lustiger Stempel ausgelobt. Ganz ehrlich, bisher hatte ich solche Bonusheftchen lediglich vom Bäcker, Metzger oder Zahnarzt her gekannt. Ich gebe zu, die Verlockung war groß, satirisch in die Runde zu fragen, ob es bei komplett ausgefüllten Heftchen den Leib Christi am Weißen Sonntag zum halben Preis gäbe. Um meine Tochter aber nicht in Image-Schwierigkeiten zu bringen, ließ ich es bleiben.

Nun eröffnete die Gemeindereferentin den Kindergottesdienst. Ganz kurz vielleicht ein Hinweis für die Nicht-Katholischen unter Ihnen: „Gemeindereferentin“, das ist bei uns das weibliche Pendant zum Papst. Also das Höchste, was man in der katholischen Kirche werden kann. Als Frau. Anschließend ließ die Päpstin nach dem Einstiegsgebet ein erstes gemeinsames Lied folgen und unterlegte es mit theatralischen Handbewegungen pantomimisch, wie man es sonst nur vom Gehörlosen-*Heute-Journal* auf ZDF-Info her kennt. „Ins Wasser fällt ein Stein, ganz heimlich, still und leise ...“, alle Anwesenden mit katholischem Religionshintergrund machten die Bewegungen wie selbstverständlich mit.

Das mir zuvor schon negativ aufgefallene Kommunionkind Vladi unterlegte das friedliche Lied allerdings lieber mit asiatischen Kampfsportfiguren, die sicher aus irgendeinem Ü-18-Videogame stammten, und bewarb sich damit nachdrücklich um die Rolle des Aggressiv-Leaders der Gruppe. Das Erstaunliche war aber, dass Vladis Mutter die extravaganten Einlagen ihres Sohnes noch stolz belächelte: „Er ist halt ein richtiger Junge.“ Danach stellte die Päpstin das Motto der Stunde vor: „Mir geht es nicht gut." Die Kinder wurden gefragt, was dies denn bedeuten könnte. „Wenn man alleine ist", sagte ein blondes Mädchen von hinten leise, „wenn man keine Freunde hat", rief ein Junge von rechts, „wenn man nicht zur Schule gehen kann", ergänzte ein Lehrerkind von links. Es folgten noch vier, fünf andere Beiträge, ehe kleine Bleistifte verteilt wurden und jedes Kind seinen Satz aufschreiben und in die Mitte werfen sollte. Nun meldete sich das blonde Mädchen von hinten ein zweites Mal: „Wenn man geschlagen wird, geht es einem auch schlecht", ergänzte sie. Plötzlich warf Vladi seinen Finger in die Luft:

„Ja, Vladi ...", freute sich die Päpstin auf diesen unerwarteten Redebeitrag. Ich aber zuckte zusammen, denn mir wurde schlagartig klar, was gleich passieren würde. Der verhaltensauffällige Vladi würde sagen, dass er zu Hause geschlagen wurde. Natürlich, das erklärte auch sein Verhalten. Schon sah ich einen TV-Dreiteiler mit Veronika Ferres als überforderter Mutter, die als Kind selbst von ihrem Vater (in Rückblenden: Heino Ferch) misshandelt wurde, vor meinem inneren Auge ablaufen. Oh, du armer, geschundener Junge, dachte ich, als Vladi plötzlich rief: „Mir geht es gut." Alle atmeten erleichtert auf. „Mich schlägt keiner ...", ergänzte Vladi stolz. Ich schämte mich maßlos für meine vorurteilsvollen Gedanken, ehe Vladi ergänzte: „Mich schlägt keiner. Weil, vor mir haben alle Angst." Eisige Stille durchflutete den ohnehin schon frostigen Gruppenraum. An dieser Stelle muss ich Sie, liebe Leserinnen und Leser, leider auf nächste Woche vertrösten. Schlagen Sie dann wieder auf und erfahren Sie, wie es mit Vladi, meiner

Tochter und mir weiterging. Bis dahin: Leset hin in Frieden.

33
Weißer Sonntag, Teil 2

Heute möchte ich unmittelbar an die Folge von letzter Woche anknüpfen, in der ich im Jahr 2012 mit meiner großen Tochter zwecks Kommunionvorbereitung an einer Kinderandacht im unterkühlten Gruppenraum des katholischen Gemeindehauses teilnahm. Was bisher geschah: Alle zukünftigen Kommunionkinder samt Eltern hockten frierend im unbequemen Stuhlkreis und folgten brav den Anregungen, Gebeten und Liedern der Gemeindereferentin. Lediglich das verhaltensunruhige Kind Vladi mischte das andächtige Miteinander immer wieder in Wort und Tat auf und versetzte schließlich – als es um das Thema Angst ging – mit dem Satz „mich schlägt keiner, weil, vor mir haben alle Angst" das Plenum in klerikalen Schockzustand. Eisige Stille durchflutete den ohnehin schon frostigen Gruppenraum. Es war an der Päpstin (ich erläuterte letzte Woche, warum man eine katholische Gemeindereferentin durchaus so bezeichnen kann), als Erste wieder das Wort zu finden. „Ja, Vladi, und, äh, wie fühlt sich das an, wenn alle Angst vor einem haben?", wollte sie die christliche Kurve kriegen. „Gut!", strahlte Vladi, „und wer mir blöd kommt, kriegt eins in die Fresse!" Die Päpstin erstarrte zur Eisheiligen, während die Papas verklemmt auf die Batiktücher in der Mitte des Stuhlkreises glotzen und einige Mütter in ihrer Handtasche schon verstohlen nach dem Pfefferspray suchten. Um die Situation zu retten, griff die Päpstin schnell zu einer großen Box und verteilte kleine Bleistifte und Zettel, auf die die Kinder ihre persönlichen Ängste notieren oder aufmalen sollten. Vladis Zettel würde sicherlich blütenweiß bleiben, vermutete ich. Plötzlich erkannte ich die vier eingravierten Großbuchstaben auf den hellbraunen Bleistiftstummeln. Kann das sein? Die arme katholische Kirche mopst sich bergeweise schwedische Bleistifte? Aber heißt es nicht: „Du sollst nicht begehren deines nächsten Möbelhauses Bleistifte?" Oder waren die gar nicht geklaut und es steckte womöglich eine groß angelegte Sponsoringkampagne dahinter? Sakrales Product-Placement, sozusagen. Bedeutet dies, dass es demnächst Hostien mit eingestanztem *Apple*- oder *Samsung*-Logo gibt? Ist Weihrauch wirklich noch Weihrauch oder nicht schon längst das neueste Duft-Produkt aus dem Hause *Febreze*? Heißt unsere Kirche in Butzbach irgendwann nicht mehr St. Gottfried, sondern aufgrund eines hoch dotierten Werbevertrags *„St. Gutfried"*? Wahrscheinlich dürfen die Ministranten bei der Wandlung auch nicht mehr schellen oder gongen, sondern es ertönt stattdessen das Telekom-Jingle.

Aber Stopp, bevor der satirische Gaul endgültig mit mir durchgeht. Nichts scheint in diesen Tagen schneller verletzt als ein religiöses Gefühl, da ist es bei einigen Mitmenschen mit der Satire-Toleranz nicht mehr weit her. Aber ist nicht gerade der alltägliche, unfreiwillige Humor der schönste, egal ob in Familie, Gesellschaft oder eben in der Kirche? Dazu ein letztes aktuelles Beispiel: Als es im Rahmen der aus der Kommunionsvorbereitung meines Patenkindes im Südhessischen im offiziellen Vorstellungsgottesdienst um das Thema

„Sucht“ ging, bekam der Kleine am Altar folgenden Text zum Vortragen in die Hand gedrückt:

„Mein Freund hat ein Computerspiel, das ich nicht habe. Das brauche ich auch. Christus, erbarme dich.“ Da wird das Kind also allen Ernstes dazu angehalten, vor versammelter Glaubensgemeinschaft bei Christus um ein Computerspiel zu betteln? Gerade jetzt, wo seine Eltern ihm mühsam erklären mussten, dass es eben kein engelhaftes Christkind-Wesen ist, das die Geschenke unter den Christbaum legt, sondern die Eltern. Folgerichtig hätte es also am Ende heißen müssen: „Eltern, erbarmet euch.“ Zwei andere Kinder baten nun noch um Markenklamotten und eine weitere Puppe aus einem Werbeblättchen. Alles zusammen wirkte hochgradig – unfreiwillig – komisch. Dass diese Fürbitten so gedacht waren, dass Christus das Kind vom Zwang, immer noch mehr haben zu wollen, befreien solle, vermittelte sich – auf diese Weise formuliert – leider nicht so wirklich.

Eines möchte ich nun aber nach dieser klerikal geprägten Doppelfolge betonen: Wenn ich die Kirche satirisch aufs Korn nehme, heißt das noch lange nicht, dass ich die Arbeit aller amtlichen und ehrenamtlichen Kirchenmitarbeiterinnen und -mitarbeiter nicht wertschätze. Im Gegenteil. Unsere aktuelle katholische Gemeindereferentin in Butzbach hat unsere jüngere Tochter in den letzten Wochen und Monaten ganz liebevoll, mit viel Engagement, aber auch erfrischendem Humor auf den Weißen Sonntag beziehungsweise ihre Erste Heilige Kommunion vorbereitet und hat zum Abschluss am vergangenen Sonntag einen gelungenen, festlichen, vor allem aber auch kindgerechten Gottesdienst mitgestaltet. Insofern möchte ich an dieser Stelle sagen: Gott sei Dank. Ihr, der Gemeindereferentin, aber auch.

34
Pong, Pacman und Co

Beamen Sie sich auch gelegentlich mithilfe von *Google* zurück in die „gute alte Zeit"? Erst kürzlich habe ich dort als Suchbegriff „Floppy" eingegeben, ein Wort, das ich sicher seit Jahrzehnten nicht benutzt habe. Auslöser meines „Flashbacks" war der annähernd archäologische Fund eines uralten „Joysticks" beim Ausräumen des Kellers. Etwas später stieß ich dann noch auf eine fast fermentierte 8-Zoll-Floppydiskette. Kennen Sie noch die wabbeligen, flachen Datenträger, die anfangs größer waren als Single-Schallplatten aus Vinyl? Sofort wurden Erinnerungen wach: Ja, stimmt, ich hatte damals einen *Commodore C64* und war damit total uncool. Die echten Freaks besaßen natürlich einen *Atari ST*, mit dem man die viel besseren Spiele zocken konnte. Spiele, deren Layout und grafische Umsetzung bei heutigen Jugendlichen für schallendes Gelächter sorgen. Kennen Sie noch „PONG"? Das Kultspiel, das uns damals als „Tennis" verkauft wurde? Das Spiel bestand aus zwei grobkörnigen Grafik-Stäbchen, die einen viereckigen Ball zum anderen hinüberstupsen mussten. Ich weiß, „viereckiger Ball" ist ein Oxymoron, also ein Widerspruch in sich, ähnlich wie „schwarzer Schimmel", „Hassliebe", „Technomusik" oder für manche auch der Begriff „Eheglück".

Aber zurück zum Hightech- Unterhaltungsklassiker der Achtziger. Immer wenn man bei „PONG" mit dem Balken das Bällchen traf, machte es „Duut". Noch heute klingt dieser Ton unvergessen in meinen Ohren. Wer den Ball verfehlte, verlor den Punkt. Großartig, was für ein Spaß! Zudem pädagogisch viel wertvoller als all die 3-D-animierten virtuellen Welten der Jetztzeit. Warum? Einerseits, weil wir damals zum gemeinsamen Spielen wenigstens noch gleichzeitig in einem Raum sein mussten und man sich „in echt" unterhalten und zwischen den Matches sogar mal zusammen raus an die frische Luft gehen konnte. Ich spreche also von analogen zwischenmenschlichen Kontakten, den oft vernachlässigten Vitaminen der Jetztzeit. Andererseits verlangten uns die Programmierer damals noch eine gehörige Portion Fantasie ab, um zum Beispiel „PONG" überhaupt als Tennis anzusehen und zu erleben. Im aktuellen Sportgame „Virtual Tennis 4" hingegen sieht der animierte Roger Federer schon naturgetreuer aus als das Original. Irgendwie gruselig. Noch gruseliger wird es aber, wenn es in diesen Spielen nicht um Sport, sondern um Kampfsport oder einfach nur um Kampf geht. Unser „Kämpfer" damals war ein pixeliger kleiner Kreis, der den Mund auf- und zumachen konnte und sich seinen Weg durch ein Labyrinth fressen musste, ohne dabei selbst von herumspukenden Geistern (die eher wie kleine Quallen aussahen) erlegt zu werden. Ja, genau, „Pacman" hieß das Spiel, das im Mai 1980 den noch in den Babyschuhen steckenden PC-Spielemarkt revolutionierte. Erst in Spielhallen, dann später in den heimischen Wohnzimmern. Damals zahlte man sage und schreibe 139 DM für die Spielkassette. Es folgte eine ungeahnte Entwicklung der PC-Spiele in pixelstarke Hightech-Sphären, immer getrieben davon, virtuell der Realität so nahe wie möglich zu kommen. Mit welchem Ziel eigentlich? Sie zu ersetzen? Das wäre das Ende der Fantasie. Die Vorstellungskraft, die man brauchte, um sich im Achtziger-Kultspiel „Space Invadors" kleine, zusammengesetzte Vierecke als Aliens und einen beweglichen grünen Balken, aus dem Striche abgefeuert wurden, als schießendes „Raumschiff" wahrzunehmen, ist offensichtlich nicht mehr gefragt. Schade eigentlich, aber so ist es halt.

Fast trotzig lade ich mir auf einer im Rahmen meiner Recherche entdeckten Internetseite 30 alte PC-Spiele der Achtziger herunter und dunkle – genau wie früher – mein Zimmer ab. Dazu ein „Grünofant"-Eis, ein „Banjo", eine kühle „Florida Boy Orange" und eine Packung „Bazooka Joe"-Kaugummis und ruck zuck, fühle ich mich wieder wie 13. Ich weiß, die meisten dieser Leckereien gibt es nicht mehr. Auch nicht online, wo es sonst doch alles gibt. Gebe ich „Banjo kaufen" ein, lande ich beim Musikhaus Thomann. „Florida Boy kaufen" einzugeben, traue ich mich erst gar nicht, wer weiß, auf welchen Seiten ich da lande, wer da draußen alles mithört und meine Daten abfängt. Wie schnell wird jemand, der lediglich das Kultgetränk seiner Jugend sucht, absurder pädophiler Dinge beschuldigt. Wäre es aber nicht entzückend, wenn man all diese Produkte von früher noch kaufen könnte? Und wenn schon nicht in real (oder bei REAL), dann doch vielleicht auf einer eigens kreierten Nostalgie-Internetseite. Den Titel dafür hätte ich schon mal: das Tante-Emma-Herunterlädchen.

35
Konsequent

In den nächsten Wochen sind wieder fast alle von uns herzlich eingeladen, Brücken zu bauen und die anstehenden Feiertage zu Kurzurlauben auszudehnen. Und gerade weil diese anstehenden Feiertage so wertvoll für uns sind, ist es angebracht, die Frage aufzuwerfen, ob wir denn eigentlich auch wissen, warum die meisten von uns an Christi Himmelfahrt, Fronleichnam oder Pfingstmontag nicht zur Arbeit müssen. Es geht mir hierbei nicht um das neunmalkluge Abfragen irgendwelcher klerikaler Details, sondern eher um das, was man gemeinhin Allgemeinwissen nennt und was beim sicheren Umgang mit grundsätzlichen Begrifflichkeiten beginnt.

„Christi was?", fragen Menschen heutzutage immer öfter, ehe sie dann noch kläglicher am Begriff *Fronleichnam* scheitern. Aus dem einen Fest ist landläufig ein oft alkoholgeprägter „Vatertag" geworden, das andere wird von selbst ernannten „Spaßvögeln" allzu gerne als „Froher Leichnamstag" verbal verunstaltet. Fakt ist aber, dass die Kirchen uns allen drei zusätzliche bezahlte Urlaubstage bescheren, ausgenommen Selbstständigen wie mir natürlich, aber darum geht es jetzt nicht. Die Tatsache, dass diese gesetzlichen Feiertage christlichen Ursprungs sind, ist einigen Zeitgenossen heute gar nicht mehr bewusst oder sie verdrängen sie erfolgreich.

Wie zum Beispiel mein Bekannter Jürgen (Name

geändert), der mir unlängst ausführlich erläuterte, warum er vor zwei Jahren aus der Kirche ausgetreten ist. Zusammengefasst machte er mir klar, dass er mit dieser Institution einfach nichts anfangen könne, es deswegen „nur konsequent" sei, aus der Kirche auszutreten, um sie nicht weiter mit seinen Steuergeldern zu finanzieren. Ja, zugegeben, das klingt schlüssig und auch konsequent. Jedenfalls solange sein Sohn aus erster Ehe nicht den evangelischen Kindergarten besucht, sein Großvater nicht im katholischen Hospizkrankenhaus gepflegt wird und seine zukünftige zweite Ehefrau „wegen der Romantik" kirchlich heiraten möchte. „Das ist doch alles spekulativ, Martin. Ich habe nicht vor, diese kirchlichen Dienstleistungen in Anspruch zu nehmen, da bin ich schon konsequent", versicherte der Bekannte. „Sag mal", versuchte ich ihn nun aus seiner selbstgefälligen Reserve zu locken, „wie viel Kirchensteuer hast du denn zuletzt im Jahr gezahlt?" „So etwa 600, warum?" „Und wie viel verdienst du so in der Stunde, ganz grob gerechnet?", hakte ich nach. Mein Gegenüber rechnete. „Netto vielleicht 18,50 die Stunde. Ich weiß jetzt aber nicht, worauf du hinaus willst, Martin." Ich schon. „Dir ist aber schon klar, dass du an sieben kirchlichen Feiertagen insgesamt über 1000 Euro fürs Nichtstun bekommst und das ganz allein der Institution zu verdanken hast, mit der du so gar nichts am Hut haben möchtest? Man könnte das auch doppelmoralisch nennen." „Aber ich kann doch nichts dafür, dass das gesetzliche Feiertage sind", erwiderte er merklich angegriffen. „Das stimmt", entgegnete ich ruhig, „wirklich konsequent ist das aber nicht."

Natürlich ist mir klar, dass man Menschen, die aus der Kirche ausgetreten sind oder anderen Religionen angehören, rein aus logistischen Gründen an christlichen Feiertagen nicht zwangsverpflichtend arbeiten schicken kann. Und dennoch kann ich nicht verhehlen, dass sich mein Gerechtigkeitsempfinden leise daran stört, dass Menschen, die wegen der Kirchensteuer aus der Kirche austreten, dann aber die bezahlte Freizeit kirchlicher Feiertage dankend annehmen. Nein, wirklich konsequent finde ich so ein Verhalten nicht und schon gar nicht solidarisch, weil jeder weiß, dass von der Kirchensteuer auch viele soziale Dienste und Einrichtungen der großen Kirchen mitfinanziert werden. Zudem sollte man sich dessen bewusst sein, dass die kirchlichen Feiertage in einer globalisierten und online-dominierten Arbeitswelt auf wackligen Füßen stehen. Nach dem Streichen des Buß- und Bettages Mitte der Neunzigerjahre gibt es immer wieder Vorstöße einiger Arbeitgeber, zum Beispiel auch den Himmelfahrtstag zur Disposition zu stellen.

„Wer aus der Kirche austritt, entzieht ihr die Grundlage, sich weiter für den Sonn- und Feiertagsschutz einzusetzen, (...) von dem wir alle profitieren", mahnte der evangelische Pfarrer Eckardt Etzold aus Braunschweig schon 2007. Nein, ich verlange von meinem Bekannten nicht, deswegen wieder in die Kirche einzutreten, aber es wäre konsequent beziehungsweise würde mir Respekt abverlangen, wenn er zumindest einen kleinen Teil des an christlichen Feiertagen tatenlos verdienten Geldes für einen sozialen Zweck spenden und so seinen Teil zur Solidargemeinschaft beitragen würde. Ich finde, dann könnte er deutlich besseren Gewissens in den nächsten Wochen bezahlte Urlaubsbrücken bauen.

36
Gleitsichtig

Wenn Kinder heranwachsen, entwickelt sich nicht nur ihr Körper, sondern auch ihr Gehirn, sprich ihr Denk- und Kombinationsvermögen. Jeder von Ihnen hat sicher schon mal die (für manche von uns durchaus schmerzliche) Erfahrung gemacht, von seinem fünfjährigen Kind im Memoryspielen gnadenlos abgezockt zu werden. Mit einem Schlag war sie vorbei, die Zeit, in der ich meine Tochter – obwohl es meinem Naturell widerspricht – freiwillig habe gewinnen lassen, damit sie die Lust am Memory nicht verliert. Irgendwann war es immer öfter mein Kartenstapel, der am Ende stets einem Flachdachbungalow glich, während der meiner Tochter dem Empire State Building nacheiferte. Am demütigendsten war dann stets ihre süffisante Frage, ob sie mich immer zweimal ziehen lassen solle, damit ich überhaupt eine Chance habe. Pah, so weit kommt´s noch! Ich habe stattdessen heimlich die Kartenrücken mit kleinen, fast unsichtbaren Zahlenpärchen versehen, woraufhin ich in den folgenden beiden Wochen immerhin zweimal gewinnen konnte. In 18 Partien ... Ja, ich weiß, keine wirklich berauschende Quote.

Irgendwann musste ich mir eingestehen, die Zahlen doch deutlich zu klein auf die Karten geschrieben zu haben, was meine Frau zum Anlass nahm, mich erneut aufzufordern, in Sachen Gleitsichtbrille endlich zum Optiker zu gehen. Das habe ich nun davon. Ich habe den eindringlichen Rat meiner Gattin natürlich umgehend befolgt und rief schon acht Monate später beim Augenklempner an. In der Zwischenzeit hatte ich ausgiebige Recherchen rund um das Thema Nummer eins der 40–60-Jährigen angestellt und gemerkt, dass sich das Lager der Gleitsichtigen in puncto Gewöhnung an die neuartige Brille in zwei Gruppen aufteilt: die, die sagen: „Überhaupt kein Problem, ich hätte es viel früher machen sollen", und die, die sagen: „Das ist schon ein ziemliche Umstellung, ich habe eine ganze Weile gebraucht. Gerade wenn man die Treppen runtergeht, verschwimmt so einiges ..."

Irgendwie hatte die zweite Gruppe deutlich mehr Einfluss auf mich, auf jeden Fall dauerte es weitere vier Monate, ehe mich meine Frau unter Androhung einer Scheidung erneut dazu aufforderte – dieses Mal aber innerhalb der Öffnungszeiten –, beim Optiker anzurufen. Sie könne schlichtweg den Anblick nicht mehr ertragen, wenn ich zum Lesen meine normale Brille auf die Stirn hochschieben würde. Das mache mich alt und sei absolut unsexy. Sie weiß leider nur allzu gut, wie sie mich kriegen kann. Noch mal 15 Wochen später (ich hatte Termine ...) saß ich dann schließlich auf dem Behandlungsstuhl des Optikers und ließ meine Sehorgane analysieren. Durch und durch professionell versuchte die Augenfachfrau, mir meine Vorbehalte gegen diese neue, speziell geschliffene Sehhilfe schönzureden. „Sie werden sehen ...", begann sie immer wieder ihre Sätze. „Ja, das will ich doch hoffen", hätte ich am liebsten empört dazwischengefunkt, hatte mich aber im Vorfeld dazu entschlossen, mich meinem Altersschicksal willenlos zu ergeben. „Sie müssen nun einfach immer nur den Kopf ein wenig mehr mitnehmen", erläuterte die junge Dame.

Wie kann sie das einfach so behaupten mit ihren 30 Lenzen? Für sie ist dieser demütigende Augenrollator doch noch Lichtjahre weit entfernt. Und außerdem, was soll das heißen, ich müsse „den Kopf mitnehmen"? Hallo? Deswegen bin ich doch gerade Komiker geworden, um nicht immer und ständig meinen Kopf mit zur Arbeit nehmen zu müssen. Wegen dieser dämlichen neuen Brille muss ich es nun aber, vor allem bei Lesungen natürlich. Kommen Sie doch bei Gelegenheit mal vorbei und schauen Sie sich das Elend an. Wenn Ihnen dabei merkwürdig holprige Ganzoberkörperdrehungen an mir auffallen, dann ist der Grund dafür keine Bandscheibenversteifung, sondern die Gleitsichtbrille. Ich habe keinen Tic, sondern stelle mir einfach nur mein Publikum scharf. Das Gleitsichtelend geht sogar so weit, dass ich beim Schreiben nun überlege, ob ich Formulierungen wie „aus den Augenwinkeln heraus sah ich", „lugte ich um die Ecke" oder „schielte ich zur Seite" überhaupt noch guten Gewissens schreiben kann, ohne an Authentizität zu verlieren. Fakt ist: Wenn ich zu den Augenwinkeln herausschaue, ist dort Nebel. Und außerdem: Mit leicht angehobener Stirn und dadurch mit dauerhaft leicht hochgezogenen Augenbrauen ein Buch zu lesen, ist nun auch nicht unbedingt sexy. Für beide Seiten. Sei´s drum. Ich glaube, wirklich sexy bin ich für meine Frau ohnehin nur, wenn sie sich abends ihre Kontaktlinsen auszieht. Wenn ich dann meine Gleitsichtbrille ins Nachtetui lege, verstehen wir uns blind.

37
Gemeine Eltern

Eltern können manchmal ganz schön gemein sein. So manch kleinere oder größere Haushaltsverfehlung können wir Erwachsenen spielend leicht auf unsere Kinder abwälzen, ohne dass sie sich dagegen wehren können. Der Fleck an der Tapete? Die Datschen auf der Glasscheibe? Der umgekippte offene Buttermilchbecher im Kühlschrank? „Nein, Schatz, das war ich nicht", habe ich wie oft zu meiner Frau gesagt und noch ein lapidares „Tja, wenn man Kinder hat, dann bleibt das nicht aus" hinterhergeschoben. Auch für all die Plätzchenbrösel, Chipskrümel oder Schokoladenreste, die meine Frau im Rahmen des weihnachtlichen Abdekorierens des Wohnzimmers Anfang Januar immer aus den Sofaritzen saugt (und die in der Summe locker ein stattliches Müsli ergeben würden), mussten Jahr für Jahr unsere beiden Töchter als Verursacher herhalten. Keine Sorge, selbstverständlich, ohne dass die beiden dafür Repressalien befürchten mussten. Sie waren ja noch so klein. Es ging lediglich darum, einen Verantwortlichen auszumachen, dem man (noch) nicht an die Karre fahren kann, quasi eine „höhere" Macht, gegen die niemand etwas auszurichten vermag. Und dafür taugen – zumindest kleinere – Kinder recht gut.

Nun sind unsere Kinder älter geworden und die Zeit der pauschalen Schuldzuweisung ist vorbei. Die beiden krümeln auf dem Sofa deutlich weniger als früher, ich jedoch weiterhin genauso viel, was mich Anfang

Januar mehr und mehr in Brösel-Erklärungsnotstand bringt. Das Heranwachsen der Kinder bringt allerdings auch Vorteile mit sich, denn ab einem gewissen Alter können Eltern gewisse Haushaltstätigkeiten an die Kinder abschieben. Mülleimer rausbringen, Wäsche zusammenlegen oder Getränke aus dem Keller holen zum Beispiel. Das Ganze völlig ohne schlechtes Gewissen, denn es ist erwiesenermaßen pädagogisch wichtig, Kinder ab einem gewissen Alter mit Haushaltsaufgaben zu beauftragen. Dass dies ausgerecht die Tätigkeiten sind, die man selbst am meisten hasst, ist natürlich purer Zufall.

Eine besonders lästige Aufgabe ist für mich das gute alte wöchentliche Straßenkehren. Wobei dieser Begriff eigentlich völliger Blödsinn ist, denn man kehrt ja nicht die Straße, sondern den Gehweg. Jedenfalls ist das bei uns in Pohl-Göns so. Möglicherweise handhabt man das im noblen Kronberg ja anders und fegt dort stattdessen die Straße, damit sich die sonderlackierten Protz-SUVs nicht die Reifen schmutzig machen. Wäre ja noch schöner, ein Geländewagen mit Dreckfüßen. Bei uns in Pohl-Göns ist das samstägliche „Gasskehrn" des Bürgersteiges für so manch einen Ureinwohner immer noch eine Art Ritus. Das eigentliche Säubern des Gehweges ist nur ein marginaler Nebeneffekt, zumal unser Gehweg – mit Ausnahme des Neujahrsmorgens – nie nennenswert verschmutzt ist. Dennoch habe ich gelernt, wie wichtig es auf dem Ort ist, auch dann zu kehren, wenn der zu erwartende Dreck-Ertrag nicht größer ist als der in unseren Sofaritzen. Man signalisiert dadurch vor allem als Zugezogener, dass man die gewachsenen Abläufe und gelebten Strukturen des Dorfs anerkennt. Zudem ist ein samstägliches Straßenkehren – ob man will oder nicht – oft mit sozialen Kontakten zu den Nachbarn verbunden. Es gilt also: fegen und gesehen werden.

Nun verhält es sich bei uns zu Hause aber so, dass wir aufgrund unseres Eckgrundstückes ein doch erheblich langes Gehwegstück zu beackern haben, was mich als verantwortlichen Hausherrn stets dazu verleitet, mich so oft es geht vor dem Fegen zu drücken. Warum? Nun, in meinem Alter und bei der vor mir liegenden Kehrfläche muss ich mich zuvor mit Gymnastikübungen warm machen, um mir an kalten Februartagen nicht beim Fegen die Schulter oder gleich das ganze Kreuz zu verrenken. Noch fieser ist aber das Gasskehren in feuchtwarmen Sommermonaten, wenn vor dem Kehren noch das uferlos sprießende Unkraut gezupft werden muss. Zum Glück ist unsere große Tochter aber nun so alt, dass ich ihr bei groben Regelverletzungen die Bürgersteigpflege als Strafe aufbrummen kann. „Da kannst du mal beim Kehren über dein Verhalten nachdenken“, höre ich mich sagen und nutze die gewonnene Zeit, mir währenddessen auf dem Sofa – bei bröseligen Chips, Kuchen oder Plätzchen – das Samstag-Live-Spiel meiner Lieblingsmannschaft im Pay-TV anzuschauen. Sie wissen gar nicht, wie entspannend das sein kann. Die Lieblingsmannschaft dominiert das Spiel und von draußen hören Sie leise das monotone Kehrgeräusch der Tochter. Herrlich. Die solchen erzieherischen Maßnahmen zugrunde liegenden pubertären Verfehlungen sind für eine Familie übrigens ähnlich wichtig wie für städtische Kommunen die Einnahmen aus Radarfallen, da sie mit hoher Verlässlichkeit eintreten werden, also kalkulierbar sind. Sowohl Familie als auch Kommune haben diese „Einnahmen" schon vorab fest in den Haushalt eingeplant. Nicht auszudenken, würden sich Autofahrer und Pubertierende urplötzlich ausnahmslos an die Regeln halten. Beide Haushalte würden kollabieren. Insofern freue ich mich immer ein wenig, wenn unser Pubertier schon zu Wochenbeginn mal wieder alle vereinbarten Absprachen missachtet hat. Und sollte wider Erwarten bis Freitagmittag mein Live-Spiel am Samstagnachmittag noch nicht gesichert sein, fällt mir – ähnlich wie bei über Nacht installierten Pseudo-Baustellen mit Tages-Radarfallen – schon noch ein kleiner Fallstrick ein, mit dem ich meine Tochter drankriege. Ja, Eltern können manchmal ganz schön gemein sein.

38
Urlaubsresümee, Teil 1

„Wie war der Urlaub?“ Eine Frage, die manchmal gar nicht so einfach zu beantworten ist, schon gar nicht im Vorübergehen. Daher antworten wir häufig mit einem schmallippigen „Gut“. Ob das stimmt oder nicht, ist dabei sekundär, ich meine, wer gibt schon beim Arbeitskollegen, dem Nachbarn oder in der hippen Clique gerne zu, dass man einen Haufen Geld in den schimmligen 3-Sterne-Sand gesetzt hat.

Geht es um ein fundiertes Urlaubsresümee, muss man einerseits berücksichtigen, mit welchen Erwartungen, Hoffnungen und Wünschen man in den Urlaub gestartet ist, anderseits aber auch bereit sein, Dinge von verschiedenen Seiten zu betrachten. Bei mir drückt sich diese Ambivalenz häufig durch zwei gegensätzliche innere Stimmen aus. In Szene gesetzt werden solche imaginären Kontrahenten im Fernsehen gerne mit den beiden Figuren „Engelchen“ und „Teufelchen“, die – als Comic gezeichnet – über dem jeweiligen Protagonisten erscheinen und sich gegenseitig aufs Heftigste anpflaumen. Meine beiden persönlichen Alter Egos würde ich wie folgt beschreiben: der eine, Teufelchen, ewig miesepetrig, streitsuchend, destruktiv, pessimistisch und gerne auch mal lästernd. Der andere, Engelchen, harmoniesüchtig bis zum Abwinken, unablässig schönfärbend, tolerant bis zur Selbstaufgabe und in jederlei Hinsicht rosarot realitätsfern.

Ich möchte Sie nun teilhaben lassen an meiner inneren Zerrissenheit bezüglich unseres Sommerurlaubes im Juli.

Ein innerer Monolog in zwei Akten, beginnend weit vor dem eigentlichen Antritt der Reise, am Tag des erfolgreichen Urlaubbuchens im November des Vorjahres.

Zur Erläuterung: Wenn von ER, SEIN oder IHM die Rede ist, bin ich als Ganzes gemeint. Der fleischgewordene Kompromiss sozusagen.

Teufelchen: „Ich fasse es nicht. Jetzt ist es tatsächlich passiert. Das ist einzig und allein deine Schuld!"
Engelchen (unschuldig): „Wieso? Ist doch toll. Zwei Wochen Sonnengarantie ohne Kochen, Waschen oder Abspülen. Ich freu mich so!"
Teufelchen: „Geht's noch? 14 Tage All-Inclusive-Family-Cluburlaub mit Frau, Kindern, Eltern und Schwiegermutter in einem Hotelkomplex mit über 500 Zimmern? Mit Esssälen so groß wie die Frankfurter Festhalle, dauerhaft 35 Grad, 115 Prozent Luftfeuchtigkeit und Urlaubern aus ganz Osteuropa, noch schlimmer, aus England? Ich glaube, mein Chef muss den Begriff ‚Hölle' neu definieren."
Engelchen: „Du übertreibst wieder maßlos. Fakt ist: Die Kinder werden ihren Spaß haben. Und wenn die Kinder glücklich sind, sind es die Eltern auch. Was gibt es für die Kleinen Schöneres als Miniclub, Minidisco, Wasserrutschen, täglich zu allen Mahlzeiten Pommes, dazu 24 Stunden Eis und Cola bis zum Abwinken. Was das Klima angeht: Korfu ist eine Insel, da geht immer ein Lüftchen. Außerdem haben die Zimmer alle Klimaanlage."

Teufelchen: „... und die Kids in Nullkommanix wieder eine Mittelohrentzündung, ich weiß doch, wie das läuft. Viel Spaß beim griechischen Arzt und bei der Abwicklung über die Krankenkasse."

Engelchen: „Du bist ja nur sauer, weil du mit deinen Nordseevorschlägen wieder gescheitert bist."

Teufelchen (motzig): „Kann sein. Dort ist es zwar auch kacke, aber man ist schneller wieder zu Hause."

Engelchen: „Wichtig ist doch, dass die ganze Familie gemeinsam etwas unternimmt. Alle reden ständig über ‚generationenübergreifend', ER lebt es, sogar im Urlaub. Einfach bewundernswert!"

Teufelchen: „Sag mal, wie verpeilt bist du eigentlich? Weißt du noch, wie SEIN über achtzigjähriger Vater im letzten Sommerurlaub die ersten vier Tage in den Seilen hing? Kein Wunder, es ging ja nachts um zwei Uhr los in Richtung Flughafen, das macht kein Rentner-Kreislauf freiwillig mit."

Engelchen: „Die anderen zehn Tage hat SEIN Vater aber den Urlaub umso mehr genossen und Hunderte von schönen Momenten mit seiner Familie erlebt. In dem Alter nicht mehr selbstverständlich. ... Aber ich will nicht länger streiten, noch ist es acht Monate hin bis zum Sommerurlaub, jetzt freue ich mich erst mal auf Weihnachten."

Teufelchen: „Auch das noch! Familiengedöns im Hochkonzentrat. Danach kommt die überflüssige Faschingszeit, ehe uns herumhoppelnde Häschen im Werbeprogramm schon wieder Ostern androhen."

Engelchen (frohlockend): „Und dann heißt es bald: Ab in den Flieger, Korfu, wir kommen!"

Teufelchen (kratzt sich am Kinn): „Müsste nicht bald mal wieder ein Flugzeug abstürzen oder vom Radar verschwinden? Ich würde mich totärgern, wenn wir wegen so eines überflüssigen Trips ins Gras beißen würden."
Engelchen: „Und wenn schon? Immerhin könnt´ ich dann wenigstens nach Hause und wäre dich Miesepeter los."
Teufelchen (konsterniert): „Dein Optimismus macht mich krank!"
Engelchen: „Keine Sorge, das wird schon wieder."
Teufelchen (fassungslos): „Du kannst es nicht lassen ... In Sachen Urlaub sprechen wir uns, wenn der Spuk Ende Juli vorbei ist. Dann ist Tag der Abrechnung."
Engelchen: „Falsch. Das ist der Tag, an dem ich beginne, mich auf den nächsten Urlaub zu freuen."
Teufelchen: „Ich geh brechen ..."

Fortsetzung folgt.

39
Urlaubsresümee, Teil 2

Was bisher geschah: Miesepeter Teufelchen schrie schon bei der Buchung im November Zeter und Mordio ob des 14-tägigen All-Inclusive-Urlaubs mit Eltern und Schwiegermutter auf Korfu, während Sonnenschein Engelchen das tat, was es am besten kann: alles ganz toll finden oder sich alles ordentlich schönreden. Während Teufelchen Horrorszenarien skizzierte, versank Engelchen in einem plüschigen Meer aus sonniger Vorfreude.

Nun, da der Urlaub vorüber ist, treffen sich beide wie vereinbart zur Nachbesprechung. Teufelchen sitzt zum Kampf bereit mit aufgestützten Ellenbogen am Tisch, während sich Engelchen noch mit „After Sun" eincremt und in Erinnerungen schwelgt.

Teufelchen: „Nun sag schon, hatte ich recht oder hatte ich recht?"

Engelchen: „Ich weiß gar nicht, was du meinst? War doch schön, oder? Ich bin sogar etwas braun geworden" (streicht sich lächelnd über die blass-braune Wange).

Teufelchen: „Ey, leidest du unter himmlischer Demenz, oder was? Schon vergessen? Der stinkende, weil total verschimmelte Kleiderschrank im Zimmer der Kinder? Der umständliche Zimmerwechsel nach zwei Tagen? Die dort dann fünf Tage lang nicht funktionierende Klimaanlage?"

Engelchen: „Mein Gott, das kann doch mal passieren. Sei doch nicht so ein typisch deutscher Nörgler. Immerhin gab's vom Hotel als Entschädigung kostenfrei Liegen und Schirme am Strand im Wert von etwa 150 Euro. Und als die Klimaanlage dann repariert wurde ..."

Teufelchen: „... waren die ersten sieben Tage vorbei und ER ungefähr 28-mal an der Rezeption gewesen, na bravo!"

Engelchen (völlig relaxed): „Ich sehe das positiv, so hat ER sich wenigstens ein bisschen bewegt. Und überhaupt, in Erinnerung bleiben ohnehin ganz andere Dinge: das grandiose Wetter, der fantastische Sandstrand oder das glasklare Meer. Weißt du noch, man konnte mit bloßem Augen die Fische sehen."

Teufelchen (sarkastisch): „Oh, ja, die lieben Fischlein, wie konnte ich das vergessen. Ich habe da ein schönes Erinnerungsfoto." (Teufelchen zückt sein Handy und zeigt Engelchen ein Bild von einer winzigen Bisswunde in einer Männerwade.) „Nur zu blöd, dass da im Meer auch einige Caipirinhas unterwegs waren."

Engelchen (kichernd): „Also erstens heißt das Piranhas und zweitens, mein Gott, da hat IHN halt mal ein Fischlein gezwickt. Aber typisch, dass ihr Männer-Memmen da wieder ein Riesendrama draus macht. Ich bleib dabei: Was IHM am wichtigsten war, hat optimal gepasst: Sonne pur, ein laues Meereslüftchen, reichlich Essen und Trinken, ein Ausflug nach Korfu-Stadt sowie mit einem Quad durch die Berge."

Teufelchen (grinst hämisch): „Mit dem Quad ins Hinterland, tse, das Survival-Abenteuer für Beamte. Dass ich nicht lache! Und dann nach zwei Kilometern dumm aus der Wäsche schauen, wenn bei voller Fahrt der rostige Außenspiegel den Abflug macht und auf der Straße zerschmettert. Und was das Essen angeht: Du meinst doch nicht etwa diese sich nach fünf Tagen wiederholende Kantinenkacke?“

Engelchen: „Da ER im Urlaub viereinhalb Kilo zugenommen hat, kann's nicht so furchtbar gewesen sein. Wichtig ist ja auch das Drumherum: alle drei Mahlzeiten im schattigen Freien, dazu ein laues Lüftchen und die lieben Vögelchen, die direkt über SEINEM Familientisch ihre putzigen Neugeborenen versorgen ...“

Teufelchen: „Und dabei im Anflug gerne mal Baumaterial aus dem Schnabel verlieren oder noch besser einen Toilettengang einlegen, lecker.“

Engelchen: „Wenn es – wie du es wolltest – an die Nord- oder Ostsee gegangen wäre, hätte ER mit seiner Familie wahrscheinlich kein einziges Mal draußen gegessen und wenn, nur in Fleece- oder Regenjacken. Und diese Killermöwen hätten den Kindern wieder per Kamikaze-Sturzflug die Pommes aus der Tüte geklaut.“

Teufelchen (lacht teuflisch): Ich liebe es, wie mein Chef die fernsteuert ...“

Engelchen: „Lenk nicht ab und gib doch einfach mal zu, dass es dir auf Korfu auch ganz gut gefallen hat. Immerhin habe ich dich einige Male bei der Minidisco mittanzen sehen. Ich sag nur: Veo, Veo ...“

Teufelchen (fühlt sich ertappt): „Ja, zum Teufel, okay, es gab auch ein paar nette Momente. Aber dann gib du bitte zu, dass nicht alles Gold war, was in der griechischen Sonne glänzte. Vor allem in Anbetracht des stattlichen Preises.“

Engelchen (versöhnlich): „Ja, in Gottes Namen. Und im nächsten Sommer? Wo geht´s hin, was meinst du?" (Teufelchen umarmt Engelchen und zeigt ihm auf dem Handy den aktuellen Familienkontostand.)
Beide gleichzeitig: „Balkonien."

40
Die Prinzessin auf dem Wasser

Letztens hatte ich an einem schönen, lauen Frühlingsabend draußen auf der Terrasse das Abendbrot vorbereitet, ehe ich meine Familie zu Tisch bat. Während alle anderen zu Brot oder Butter griffen, nahm die kleine Luise wie immer zunächst einen großen Schluck aus ihrem Wasserglas. Plötzlich verzog sie ihr Gesicht und meckerte los: „Bäh, das Wasser schmeckt nach Seife, Papa." Da Luise gerne mal vorschnell was am Essen oder Trinken auszusetzen hat, nahm ich ihren Hinweis zunächst gar nicht ernst. Warum auch? Ich hatte Sekunden zuvor das Wasser aus einer Flasche ins Glas geschüttet, wie sollte da Seife reinkommen? Kinder und Essen, eine explosive Kombination, die so manche Verzweiflungstat genervter Eltern erklärt.

Uns jedenfalls fällt es schwer zu akzeptieren, dass unsere Töchter an 30 Tagen im Monat 14-mal Nudeln mit Hackfleischsoße, achtmal Bratwürstchen, siebenmal Pizza und immerhin einmal Salat essen möchten. Alternativ kann es aber auch gerne 30-mal „nackige Nudeln", also Pasta con gar nix, sein. Für unsere Töchter ist das Abwechslung genug. Gibt es dann aber doch mal eine leckere Reispfanne mit glücklichem Hackfleisch und freilaufendem Ultra-Bio-Gemüse, wird das Mahl von vier Kinderaugen argwöhnisch begutachtet, ehe anschließend mit einer schier unerschöpflichen Akribie begonnen wird, nanogroße Zwiebel-, Paprika- oder Karottenteilchen herauszufiltern, die dann mit angewiderter Mine an den Tellerrand geschoben werden. Am Ende dieser pingeligen Separation futtert die Kleine glücklich kalten Reis mit kaltem Hack. Da unsere große Tochter an einer pubertären Gemüseallergie leidet, zudem wenig Fleisch isst und keinen Reis mag, holt sie sich „endgenervt“ einen Joghurt. Als ich ihr Verhalten pädagogisch tadle, ernte ich von ihr lediglich ein derzeit inflationär von ihr gebrauchtes „Chill mal, Papa“.

Aber zurück zum Abendbrot auf der Terrasse. „Papa! Echt jetzt, wie Seife“, wiederholte Luise energisch, als mir plötzlich der Gedanke kam, dass sich eventuell verklebte Reste eines Spülmaschinentabs im Inneren des Glases befunden haben könnten. Also goss ich das Wasser zu den Blumen ins benachbarte Beet, wischte das Glas aus und schenkte erneut ein. Wieder verzog Luise den Mund und spuckte das Wasser kurzerhand auf den gefliesten Terrassenboden. Oh, wie ich sie liebe, diese zickigen Befindlichkeiten meiner Tochter, ganz in der Tradition der „Prinzessin auf der Erbse“. Da ich mich weigerte, auf Luises hypersensible Allüren einzugehen, probierte nun meine Frau einen Schluck ihres Medium-Wassers, legte den Kopf zur Seite und sagte: „Hm. Ich glaube, Luise hat recht. Außerdem ist da ja absolut null Sprudel mehr drin.“ In diesem Moment fügten sich in meinem Kopf zwei bislang weit voneinander entfernte Synapsen zusammen und ich wusste, was passiert war. „Kann es sein, Schatz, dass du diese Flasche eben aus der Waschküche mit hochgebracht hast?“, fragte ich meine Frau, um meinen dumpfen Anfangsverdacht zu überprüfen. „Ja. Ich habe mich schon gewundert, warum die da rumstand. Aber sie war voll und deswegen habe ich sie mit hochgebracht", erläuterte meine Frau und ich musste lachen.

Die Sache war die: Meine Frau und ich hatten uns vor ein paar Wochen vorgenommen, das aus dem Wasserfach des Wäschetrockners gewonnene Wasser in Zukunft zum Bügeln zu nutzen, weil es destilliert ist und somit besser fürs Bügeleisen. Als ich mich an diesem Tag in der Waschküche daran erinnerte, fehlte mir aber auf die Schnelle ein passendes Abfüllgefäß, sodass ich spontan nach einer leeren PET-Wasserflasche griff, sie randvoll mit dem Trocknerwasser befüllte und dann ungekennzeichnet auf dem Trockner stehen ließ. So landete dieses im Abgang zart nach Ariel riechende fade Gesöff statt im Bügeleisen auf dem Abendbrottisch und sorgte für gellendes Gelächter aus vier Kehlen. Da hatte die kleine Erbsenprinzessin schon ganz richtig geschmeckt und echauffierte sich noch Wochen später, dass man sie und ihre Geschmacksnerven nicht ernst genommen hatte.

41
In vino veritas, Teil 1

Diese und nächste Woche soll es um das Thema „Wein" gehen, im Speziellen um den damit verbundenen genrespezifischen Technolekt. Sie wissen nicht, was das ist? Einem Technolekt begegnen Sie, wenn Menschen mit Fremdworten oder einer blasierten Fachsprache auf dicke Hose machen, so wie ich gerade mit dem Begriff Technolekt. Konkret geht es um die Sprache der Winzer, Sommeliers und sonstiger Weinexperten.

Auslöser, mich damit zu beschäftigen, ist mal wieder eine familiäre Situation, in diesem Fall ein Abendessen in einem recht guten Restaurant. Nachdem wir unsere Plätze eingenommen haben, vertieft sich jeder von uns vieren in die vom adretten Kellner gereichte Speisekarte. Während Luise neben mir altersgerecht die Abteilung „Für unsere kleinen Gäste" nach Fleisch und Pommes durchforstet, beschäftige ich mich gerade mit vielversprechenden Pasta-Variationen, als sich plötzlich meine große Tochter Lena hinter ihrer Karte zu Wort meldet. „Wow, schaut mal, der hat einen *gefälligen und feingliedrigen Körper.*" Fix hebe ich meinen Kopf und versuche mit einem 180-Grad-Blick zu scannen, welchen schneidigen Typen der hormongetränkte Teenager wohl damit meinen könnte. Den Kellner? Den blonden Mittzwanziger am Nachbartisch? „Obwohl, ich glaub, ich steh eher auf den *Feinrassigen*", ergänzt sie kichernd und ich rieche den Braten beziehungsweise den Wein. Schnell blättere ich zwei Seiten vor zur Weinkarte und steige in das satirische Spiel ein. „Schatz, der *Feingliedrige* ist eine Sie und heißt *Silvana*.“ „Dafür ist der *Feinrassige* adlig, denn er stammt aus dem Hause *Wipfelder Zehntgraf*“, kontert meine Tochter, der ich noch am Restauranttisch versprechen muss, aus den Weinbegriffen eine Kolumne zu machen, denn es begänne ja schon mit der Absurdität, dass etwas so elementar Nasses wie Wein als *trocken* bezeichnet würde.

Als uns der Kellner nach Getränken fragt, bestellt Lena kurzerhand ein Glas *Grauburgunder* für mich. Der würde zu mir passen. Wegen meiner Haare, aber auch wegen meiner Figur und meines Gemüts, denn dieser Weißwein sei laut Karte *opulent und weich*. Da meine Frau bei der Wahl ihres Weins noch unsicher ist, erkundigt sie sich beim Kellner nach dem *Spätburgunder*. Dieser sei *wunderbar ausgebaut*, erklärt der fortgebildete Semi-Sommelier, und ich kann nicht anders, als „wie die A485 nach Marburg“ hinzuzufügen. Als meine Frau fünf Minuten später einen ersten Schluck davon kostet, interessiert es mich, ob sie mit ihrer Wahl zufrieden ist, denn die Beschreibung des Spätburgunders auf der Karte hatte es mir besonders angetan: „Und? Schmeckst du den *zarten Duft nach dunklen Waldfrüchten wie Brombeere mit einem Hauch von Mokka und dunkler Schokolade?*“ „Schon“, bestätigt sie, „aber das liegt eher am Nachbartisch. Da ist gerade das Dessert mit einem Espresso serviert worden.“

Wieder zu Hause vertiefe ich meine Wein-Recherche und stoße auf ein Münchner Restaurant mit einer opulent-wortreichen Weinkarte. Unter anderem wird hier ein italienischer *Primitivo* beschrieben. Ich zitiere: „*Dunkles Rubinrot* (aha, ein Frauenwein, denn für Männer existieren ja nur die Grundfarben gelb, blau und eben rot) *mit violette Reflexen* (es muss heißen: *violetten*). *Ein vollmundiger Geschmack mit Noten von Kirschen und reifen Pflaumen* (das kann gar nicht sein, das sind unterschiedliche Erntezeiten). *Ein delikater Wein mit einer lang anhaltendem Abgang* (ich empfehle dringend das Buch: „Der Dativ ist dem Genitiv sein Tod"). *Auf der Zunge entwickelt das sanfte Tannin* (WAS?), *eine angenehme Säure und gleichzeitig die typische Zartheit* (oha, jetzt wird's romantisch). *Ein idealer Partner zu Nudelgerichten* (ist bei uns immer noch die Tomatensoße, aber egal). *Nachhaltige, hochtourige Substanz* (reden wir immer noch von Wein?), *akzentuiert von harmonisch gewebten* (jetzt kommen auch noch Handarbeiten ins Spiel, ist der Wein womöglich gehäkelt?) *seidigen Tanninen* (die schon wieder)."

Wissen Sie was? Wenn ich das nächste Mal in München bin, gehe ich in besagtes Restaurant, bestelle diesen primitiven Primitivo, lasse mir einen Probierschluck eingießen, koste davon mächtig fachmännisch und warte, bis mich der Kellner fragt, ob der Wein recht ist. Dann schaue ich blumig und mit einem Hauch von Kirschen und Pflaumen zu ihm auf und sage staubtrocken: „Nein. Wissen Sie, die gewebten Tannine sind mir zu wenig seidig, außerdem fehlt mir bei aller Hochtourigkeit die gewohnte Zartheit."

Nach und nach lasse ich mir andere Weine servieren und prüfe sie fachmännisch, bin aber weiter unentschlossen. Nach Probierschluck sieben fragt der Sommelier, ob ich nicht doch lieber ein Weißbier möchte, was ich aber ablehne.

Tut mir leid, aber wenn ich nicht schmecke, was auf der Karte vollmundig versprochen wird? Nach dem 14. Weinversuch und der Androhung des Kellners, gleich feinherb den Restaurantchef zu rufen, mache ich dann den feuchtfröhlichen Abgang. München hat ja noch mehr gute Restaurants mit blumigen Weinkarten, durch die wir uns nächste Woche trinken. À votre santé.

42
In vino veritas, Teil 2

Hin und wieder bekommt man als Bühnenkünstler nach einem Auftritt – jenseits der Gage – vom Veranstalter noch ein kleines Präsent überreicht. So erhielt ich letztes Jahr zum Beispiel im sächsischen Altenburg ein Ein-Liter-Bierglas, das rundherum mit weiblichen Nackedeis verziert war. Ja, ich weiß, da hüpft schnell wieder das alte Ossi-Klischee aus der Schublade, dass „die da drüben" bei „so was" ja lockerer drauf sind als wir verklemmten Wessis. Klischee hin oder her, das Glas war ebenso nackte wie bittere Realität und der reine Besitz mir so peinlich, dass ich es für den Rest der Tour gut versteckt unter dem Beifahrersitz meines Autos deponierte, um es dann hier zu Hause im Altglascontainer bei Nacht und Nebel heimlich zu entsorgen.

Manchmal gibt es nach Shows aber auch einen Blumenstrauß als zusätzliches Dankeschön. Das ist zwar als Geschenk deutlich niveauvoller, dafür aber ungemein unpraktisch, wenn Sie auf Tour sind. Eine Nacht in der mit kaltem Wasser halb eingelassenen Badewanne ist ja noch vertretbar, spätestens aber, wenn am Morgen dann die vierstündige Fahrt zum nächsten Spielort ansteht, reißt die Wässerungskette abrupt ab, sodass man den Strauß lieber verstohlen irgendwo am Straßenrand aussetzt, bevor er das ganze Auto mit bröselnden Blüten überzieht. Was lernen wir daraus? Blumen am Straßenrand bedeuten nicht immer zwangsläufig, dass dort jemand tödlich verunglückt ist. Vielleicht war nur ein Kabarettist auf Tour.

Viel besser als Künstlergeschenk eignet sich übrigens eine simple Flasche Wein. Die ist deutlich pflegeleichter zu transportieren, wenn man sie nicht schon am Abend vertilgt, was bei Blumen nicht annähernd so viel Spaß macht.

Schon letzte Woche habe ich Sie mitgenommen in die wunderbare Welt der Winzer und Weine, vor allem aber in die rhetorische Galaxie fantasiereicher Weinbeschreibungen. Heute klettern wir noch ein Level höher, auf den Weinberg hinaus. Es geht nicht mehr nur um Geschmacks- und Aromenbeschreibungen, nein, es geht um dezidiert formulierte Anleitungen, wann, wo und in welchen Mengen wir von diesem Wein gefälligst zu trinken haben. Dazu Auszüge aus der Onlinekarte eines Weinguts im Rheingau.

Zu einem Portugieser und Dornfelder ist Folgendes zu lesen: *Zum gemütlichen Abendessen, und später auch noch. Ein dunkler Rotwein, von dem es ruhig ein Glas mehr sein darf.* Oder zwei, drei Flaschen. Für den regelmäßigen Trinker hat das Weingut einen passenden Riesling parat: *Der Alltagswein für Rieslingtrinker.* Für den vereinsamten, aber fleischaffinen Weinfreund empfiehlt sich der Cabernet Cubin: *Zu Vitello Tonnato, zu Rind- oder Lammfleisch oder einfach zum Solo-Trinken.* Zum „Solo-Trinken", wie schön. Aber muss es nicht „zum Sich-Solo-Trinken" heißen? Denn so manche Ehe zerbricht am übermäßigen Alkoholkonsum eines Partners. Wenn man dann solo ist, sollte man auf den Weißherbst umsteigen, denn der ist *ein gern gesehener Gast bei jedem Grillfest*. Schön, dass wenigstens mein guter alter Freund Weißherbst zum Grillen kommt, wenn ich einlade. Möchte der Single aber mal nicht den Grill anschmeißen und vergeblich einladen, sondern selbst ausgehen, sollte er zum Riesling feinherb greifen, denn der duftet nicht nur *verlockend nach Pfirsich und Aprikose* (so ein Shampoo hat meine Frau auch), sondern ist auch sonst *ein eleganter Begleiter beim Menü*. Spontan muss ich an einen Film der Achtziger denken, in dem mein damaliger Lieblingskomiker Steve Martin in „Ein Single kommt selten allein" so einsam ist, dass er mit Farnen redet und mit Pappkameraden Partys feiert. Nun also soll der geneigte Single samstags mit einer Rieslingflasche zum Essen ausgehen? „Riesling-Darling, zieh dir ein schönes Etikett an, wir gehen aus. Sei mein *eleganter Begleiter beim Menü*. Vielleicht entkorke ich dich anschließend auch noch." Verzeihen Sie mir diese leise Anzüglichkeit. Suchen Sie hingegen einen *optimalen Essensbegleiter für jede Tageszeit*, sollten Sie es laut der Homepage des Weinguts mit einem Kerner versuchen. Okay, das leuchtet ein, denn Johannes B. Kerner talkt und moderiert Ihnen zu jeder Tageszeit das Ohr ab. Zum Abschluss noch eine ultimative Weinempfehlung des Weinguts, das mit seinem Wein „Roter Genuss" wirklich die Schnapsdrossel abschießt: Diese Cuvee-Kreation ist *im mediterranen Stil ausgebaut* (Vorsicht, Schlaglöcher!) und wird wie folgt beschrieben: *kräftig, fruchtig, vollmundig. Wunderbar zum oder nach dem Abendessen. Stärkung von Wurzelchakra. So können Sie Ihre geistige Aktivität herunterfahren und die Ruhe genießen*. Zitat Ende. Übersetzt heißt das nichts anderes als: der ideale Wein, um sich ordentlich die Lichter auszuschießen. Hauptsache, man findet am nächsten Morgen sein Wurzelchakra wieder.

Prost!

43
Der König von Bhutan

„Papa, Mama, ich bin soooo glücklich“, ruft die Neunjährige wie aus dem Nichts an einem belanglosen Samstagvormittag nach dem Familienfrühstück. Kein in Aussicht stehender McDonalds-Besuch oder ein von uns angekündigter DVD-Abend veranlasste meine Tochter zu dieser spontan verbalisierten Gefühlsregung. So sind sie, unserer Kinder, grundlos glücklich und zudem noch in der Lage, dies auf so erfrischend authentische Art zum Ausdruck zu bringen.

Warum können wir Erwachsenen das eigentlich nicht? Zumindest nicht so vorbehaltlos. Dass wir Hessen im Großen und Ganzen eigentlich ganz glücklich sind, zeigt einmal mehr der „Glücksatlas“ der Deutschen Post, der verschiedene Faktoren der Lebenszufriedenheit abfragt (Gesundheit, Einkommen, Wohnen und Freizeit), auswertet und danach ein Bundesländerranking ermittelt. Und dort sind wir Hessen in diesem Jahr von Platz fünf auf Platz vier geklettert. Glückwunsch! Über die Aussagekraft eines solchen Rankings lässt sich natürlich streiten. Tatsache ist aber, dass uns Hessen vor allen der Faktor Einkommen, bedingt durch die wirtschaftlich starke Rhein-Main-Region, eine solch gute Platzierung einbringt. Macht Geld also doch glücklich? Nein, denn an der Spitze dieser Tabelle liegt seit vielen Jahren Schleswig Holstein, wo das Einkommen der Menschen gerade mal knapp über dem Bundesdurchschnitt liegt. Warum die Nordlichter erneut von der Tabellenspitze grüßen, ist selbst für Bernd Raffelhüschen, Professor für Finanzwissenschaft und einer der Studienautoren, ein Rätsel. „Die Schleswig-Holsteiner sind ein Phänomen. Obwohl sie von den objektiven Gegebenheiten eigentlich Mittelmaß sein müssten, schwimmen sie tatsächlich immer oben. Wahrscheinlich liegt das an ihrer genetischen Disposition. Bei denen ist das Glas immer halb voll. So wie die Dänen wissen sie, wie man sich das Leben schmuck und gemütlich einrichtet. Das drückt ein Lebensgefühl aus."

Aber zurück zum völlig grundlosen Glücksausbruch meiner Tochter. Er erinnert mich an einen Radiobeitrag, in dem ich zum ersten Mal vom König von Bhutan erfuhr. Bhutan?, werden Sie sich nun fragen, ist das nicht dieses Gas, das man in nachfüllbare Feuerzeuge gibt? Ein Vorgang, an dem ich übrigens immer wieder kläglich scheitere. Ums Verrecken bekomme ich das blöde Ding nicht aufgefüllt, während neben mir alle nicht festgemachten Küchengeräte bereits butangetränkt herumschweben. Hierbei handelt es sich aber um Butan. Bhutan wiederum ist ein nur etwa 750 000 Einwohner zählendes Königreich in Südasien, das im Norden an Tibet grenzt. Sie vermuten nun vielleicht, Bhutan sei das glücklichste Land, also das Schleswig-Holstein der ganzen Erde? Falsch. Das ist einmal mehr Norwegen, gefolgt vom dem oben erwähnten Dänemark. Nein, Bhutan ist das Land, dessen König 1986 in einem Interview gefragt wurde, wie hoch das Bruttoinlandsprodukt Bhutans sei. Natürlich wusste er die Antwort, es lag bei 50 US-Dollar pro Kopf, der niedrigste Wert weltweit. Er aber antwortete: „Das Bruttoinlandsprodukt interessiert mich nicht. Mich interessiert das Bruttoinlandsglück." Was wie ein schelmischer Scherz des Dalai Lama anmutet, steht jedoch dezidiert in der nationalen Verfassung Bhutans: „Der Staat bemüht sich, jene Bedingungen zu fördern, die das Streben nach Bruttoinlandsglück ermöglichen."

Man stelle sich nur einmal vor, eine der derzeit sondierenden Parteien würde einen solchen Passus als Bedingung mit nach Jamaika bringen. Das „Bruttonationalglück" ist nicht die einzige Besonderheit des letzten Himalaja-Königreichs. Hier gab es bis vor Kurzem keine Ampeln, keine Werbeplakate, keine Plastiktüten und bis 1999 auch keine Fernseher. Nun aber öffnet sich das Land allmählich für Touristen und Investoren, seine Wirtschaft wächst in hohem Tempo, während ein großer Teil der Bevölkerung unter der Armutsgrenze lebt. Und genau diese großen sozialen Unterschiede gefährden das Glück eines Landes. Plötzlich halten auch im einst harmonisch-verschlafenen Bhutan Dinge wie Neid, Profitgier und Ellenbogenkultur Einzug, was das Leben der Einwohner massiv verändert. Wie sagte doch in einem ZEIT-Artikel ein alter bhutanischer Reisbauer durchaus lakonisch, während er seinen Enkel beim Champions-League-Schauen beobachtete: „Früher war mein Idol der König, das Idol meines Enkels heißt Cristiano Ronaldo."

Es wird sich erweisen, ob die Glückswerte Bhutans durch den nun unausweichlichen Siegeszug der Moderne weiter sinken, schnell kann dort ein bisher unbekanntes Gefühl des „Abgehängtseins" aufkommen. Im Umkehrschluss drängt sich aber die Frage auf, ob man ein Volk arm und ahnungslos halten darf, nur weil man zu wissen meint, dass es damit im Schnitt glücklicher ist. Über allem schwebt natürlich die Überlegung, ob individuelles Glück überhaupt messbar ist und für landesweite Studien taugt.

Messbar hingegen ist, wie hierzulande gerade krampfhaft versucht wird, das dänische Glücks-Lebensgefühl „Hygge“ (übersetzt „Gemütlichkeit“) zu adaptieren. Längst ist „Hygge“ zum universalen Lifestyletrend geworden und wird nach Leibeskräften vermarktet. Zu „Hygge“ zählt laut Lebensmittelgigant REWE, ich zitiere von der Homepage, „ein gemütliches Ambiente genauso wie leckeres skandinavisches Soulfood. Lesen Sie hier, wie Sie zu Hause das wahre Hygge-Gefühl herbeizaubern.“ Alles Nötige gibt es – welch Überraschung – bei REWE zu kaufen. Ob dieser „Hyyge-Trend“, diese Rückkehr zur Gemütlichkeit, zum Heimeligen, ja, man könnte sagen, zum Biedermeierschen uns alle auch wirklich glücklicher macht, bleibt abzuwarten. Einer meiner Postkartensprüche, von denen ich demnächst ausführlicher berichte werde, meint dazu trocken: „Glück ist wie Pupsen. Wenn man es erzwingt, wird es scheiße.“

Das Glück meiner Tochter an oben zitiertem Samstagmorgen war gänzlich ungezwungen und deswegen auch so ansteckend wie ein mit Butan gefülltes Feuerzeug. Ach, übrigens, wussten Sie, dass der König von Bhutan traditionell mit mehreren Ehefrauen lebt?

Ob das ein Glück ist, weiß ich nicht.

44
Kalendersprüche

Wenn sich der Sommer dem Ende neigt und man wieder mehr Zeit in der Wohnung statt im Garten, auf der Terrasse oder dem Balkon verbringt, fällt einem auf, dass auch das Jahr nun so langsam wieder zu Ende geht. Als Kind habe ich dies stets anhand eines immer dünner werdenden Abreißkalenders an der Wand neben dem Gewürzregal in der Küche meiner Oma festmachen können. Ich liebte es, dort Tag für Tag die Blätter abzureißen, und war beleidigt, wenn meine Oma dies aus Versehen schon erledigt hatte, bevor ich zu ihr nach oben kam.

Der Vorgang des Abreißens war mir heilig. Sauber, glatt und ohne dass ein Schnipsel des alten Blatts am oberen Kleberand hängenblieb, so musste es gemacht werden. Die bedruckten Rückseiten dieser Kalenderblätter interessierten mich weniger. Dort standen stets irgendwelche Erwachsenen-Weisheiten, Zitate oder Sprüche von Leuten, die ich nicht kannte, wie zum Beispiel Marc Twain, Oscar Wilde oder Wilhelm Busch. Manchmal auch von einem gewissen Aristoteles, von dem ich eigentlich dachte, er würde mit Sokrates in der brasilianischen Fußballnationalmannschaft spielen. Für einen Fußballer waren diese Sprüche aber viel zu intellektuell. Meine Oma sagte mal, diese Kalendersprüche seien zum Innehalten, aber auch zum Schmunzeln. Beides hat sich mir damals wenig erschlossen, Innehalten war etwas für Erwachsene und schmunzeln konnte ich eher über Paulchen Panther, Dick & Doof oder Tom & Jerry.

Mich würde wirklich interessieren, wie viele dieser haptischen Kalender-Kleinode aus Papier in unserer digitalen Welt heute noch in den Küchen dieses Landes hängen. Zu vermuten, diese Kalendersprüche seien ausgestorben, wäre allerdings falsch, ganz im Gegenteil, sie haben sich lediglich modernisiert und neu erfunden. Schon seit einigen Jahren können Sie sich per App täglich Kalendersprüche, Zitate, Aphorismen, Sprüche oder Witze aufs Handy schicken lassen, unter anderen auch von der katholischen Kirche. „Mit dem Papst durch die Fastenzeit" hieß zum Beispiel 2016 eine Aktion, bei der der Vatikan an 40 Tagen täglich kleine Impulsbotschaften aufs Handy versendete. Merkwürdig, am Sonntag zuvor hatte unser Pfarrer noch angeregt, in der Fastenzeit öfter mal aufs Handy zu verzichten. Sei's drum.

Doch auch der analoge Kalenderspruchmarkt boomt weiterhin, hat sich aber vom Abreißkalender hin zur Spruch-Postkarte verlagert. Sie alle kennen die vielen bunten Postkartenständer in den Eingangsbereichen der Papier- und Buchhandlungen mit allerlei modern gestalteten Sprüchen. Meine Frau und ich haben uns in den letzten Jahren eine kleine Sammlung solcher zum Teil wirklich originellen Sprüchepostkarten zugelegt. Die besten davon haben wir nun in unserer Küche in einen aus 24 kleinen Bilderrahmen bestehenden großen Rahmen eingefasst und aufgehängt. Die Sprüche auf diesen Karten erfüllen dabei eine ganz ähnliche Funktion wie damals die Kalendersprüche meiner

Oma. Da gibt es die, die uns Trost spenden sollen, wie zum Beispiel die Karte mit dem Satz: *„Einen Teenager zu erziehen ist wie Pudding an die Wand nageln"* oder die dunkle mit den bunten Buchstaben, die besagt: *„Erwachsensein ist voll anstrengend. Immer dieses Kümmern, Entscheiden, Benehmen. Ich will ein Eis und dann Schaukeln."* Aber auch die Funktion des Innehaltens und Bewusstmachens, was wirklich wichtig ist, bringt unsere Sammlung zum Ausdruck: *„Einzeln sind wir Worte, zusammen ein Gedicht."* Mut machen möchte die Karte: *„Am Ende wird alles gut. Und wenn es nicht gut ist, dann ist es noch nicht das Ende."* Den für uns immer wieder schmerzlichen Abschied vom Sommer bringen diese beiden Karten auf den Punkt: *„Man sitzt insgesamt zu wenig am Meer"* und *„Im Herzen barfuß"*. Es darf aber auch geschmunzelt werden beim Anblick unserer Postkartenwand, allerdings gilt laut der Karte oben links folgende Regel *„Mein Humor ist ganz simpel: Wenn ich lache, ist es witzig."* Diese Karte habe übrigens ich ausgesucht. Als Konter hat mir meine Frau zuletzt eine Karte mitgebracht, bei der ich mich eigentlich weigerte, sie mit in das gerahmte Konvolut (ein Begriff, den ich nur aufgrund der Sendung „Bares für Rares" kenne) aufzunehmen. Leider erfolglos. Auf der Karte steht: *„Hinter jedem lustigen Mann steht eine Frau, die mit den Augen rollt."* Entscheiden Sie selbst, ob das lustig ist.

45
Schlüsselmanager

Vor einigen Wochen traf ich auf dem Parkplatz eines Supermarkts zufällig einen Schulkameraden, den ich recht lange nicht gesehen hatte. Nach den üblichen Begrüßungshöflichkeiten entspann sich zwischen ihm und mir schnell ein recht einseitiges Gespräch über unsere beruflichen Tätigkeiten. Männer halt. Mein Gegenüber schilderte lebhaft und durchtränkt mit Eindruck schindenden Fachbegriffen seine aktuelle Tätigkeit als „Key Manager“. Jedenfalls war dies das, was ich verstanden habe. Wie automatisch fiel mein Blick auf den Schlüsselbund in seiner Hand, denn „Key“ heißt ja auf Deutsch bekanntlich Schlüssel. Ist er von Beruf womöglich Schlüsselwart, also eine Art Hausmeister? Mich überkamen Zweifel, denn irgendwie passte weder sein Auftreten noch sein schicker Luxus-Schlitten zum bodenständigen Beruf eines Hausmeisters. Dann fiel mir ein, dass „Key“ aber auch Schloss bedeuten kann, und während er redete, überlegte ich, ob dies die Worte eines Schlossverwalters oder gar eines Mehrfach-Schlossbesitzers sein könnten. Nein, dazu passte der nun für ihn anstehende Familienurlaub am Chiemsee nicht wirklich. Am Ende des kurzen Gesprächs hatte ich immer noch keinen blassen Schimmer, was er tagsüber so macht, wusste aber, dass er den wichtigsten, stressigsten und bestbezahltesten Job Deutschlands ausübt.

Auf der Fahrt nach Hause fiel mir dann Susi ein, auch aus unserem Abi-Jahrgang, die mir schon vor vielen

Jahren bei einem Jahrgangstreffen stolz erzählte, sie arbeite „in der Promotion". Im Laufe des Abends stellte sich heraus, dass sie auf Messen Kulis verteilt. Es ist also kein wirklich neues Phänomen, dass wenn es um seinen Beruf geht, man gerne sogenannte Euphemismen benutzt, also Worte, die eine Sache deutlich beschönigen, wahlweise auch mildern und vertuschen wollen. Oder eben, wie bei Klaus, wenn Mann auf dicke Hose machen möchte.

Der Trend, sich besser klingende Worte für seinen – angeblich – minderwertigen Beruf zu suchen, hat sich nun aber so weiterentwickelt, dass selbst Firmen in Jobanzeigen ihre Stellen mit Dicke-Hose-Fremdwörtern anpreisen, als gäbe es kein Morgen. Den stets mit einem etwas verstaubten Image behafteten Buchhalter sucht man per Annonce mal als *Billing-Manager*, einen Personalleiter gar als *Director of Human Resources*. Die Zeit, in der Berufsbezeichnungen die dazugehörige Dienstleistung unmissverständlich definierten, sind lange passé. Schade eigentlich, denn beim Hausanstreicher, Fensterputzer, Schuhmacher oder Sattler wusste man sofort, welchem Tagewerk diese Leute nachgingen. Heute nennt sich der Fensterputzer *Vision Clearance Engineer*, der Fahrkartenkontrolleur *Revenue Protection Officer*. Der durchaus wichtige, aber vielleicht nicht unbedingt angesehenste Beruf des Regalauffüllers wird heute mit *Stock Replenishment Adviser* umschrieben, der des Müllmanns mit *Waste Removal Engineer*. Leicht zungenbrecherisch wird es für Fußpfleger, die ihren Beruf unnötigerweise mit einem Anglizismus aufhübschen wollen: *Foot Health Gain*

Facilitator. Ob man damit in mittelhessischen Dörfern allerdings zu fußläufiger Kundschaft kommt, ist mehr als fraglich.

Zum Glück verschreiben sich nicht alle dem Trend des umständlichen Beschönigens. Sympathisch, weil fast aus der Zeit gefallen, wirkt beispielsweise die Berufsbezeichnung des *Golfballtauchers*. Kein Scherz, diesen Beruf gibt es wirklich. Im Netz findet man unter www.golfballcomeback.de einen jungen Mann, der in Norddeutschland für verschiedene Golfklubs das zurückholt, was all die Key Account Manager so tagtäglich talentfrei in Teichhindernissen versenken. Wie schön, dass es noch andere berufliche Tätigkeiten gibt, die so ausgefallen sind, dass sie bislang euphemistisch verschont blieben. Zum Beispiel handwerklich geprägte Berufe wie die des *Zitronenfalters*, des *Gabelstaplers* oder des *Spaghettiträgers*. Aber auch die heute fast vergessenen Ausbildungsberufe *Türstopper, Schraubenzieher, Lichtschalter* und *Brotmesser* werden hoffentlich niemals verenglischt, so wie der Beruf des Schornsteinfegers, der sich nun ganz hipp *Flueologist* nennt. Regelrecht kurios wird es, wenn neuer Trend und oldschool aufeinandertreffen, wie in dieser Stellenanzeige eines Fußpflegestudios: *„Foot Health Gain Facilitator sucht Nagellackentferner in Vollzeit."* Übrigens: Ein „Key Account Manager" ist eine Art Großkundenbetreuer. Außendienstler nannte man das früher. Insofern war Klaus' Angeberkarre hundertprozentig ein Firmenwagen. So viel Genugtuung muss sein.

Am Ende bleibt die Frage, was die Menschen tun, die gerade keinen Beruf ausüben oder in Rente sind, dennoch aber auf das „Auf-Dicke-Hose-Machen“ nicht verzichten möchten? Auch hierfür gibt es eine Lösung: Dann sagt man einfach: „Ich arbeite als *‚Non Profit Manager‘*.

Genau, als Ehrenamtler.

46
Jetlag

Und? Wie haben Sie es verkraftet? Den massiven Jetlag schon verdaut? In der neuen Zeit schon wieder richtig angekommen und akklimatisiert? Immerhin sind erst gut zwölf Tage vergangen, als uns die böse Bundesregierung mal wieder einen eklatanten Eingriff in unser selbstbestimmtes Leben aufgezwungen hat. Manche sprechen sogar von einem Terroranschlag auf unseren Biorhythmus. Alle sechs Monate nudeln alle erdenklichen Bla-Bla-Medien und Profilneurotiker-Foren das Thema „Zeitumstellung" bis zur Schmerzgrenze durch, manchmal auch darüber hinaus.

In diesem Frühjahr geschah dies besonders ausgiebig, weil ein paar Wochen zuvor auf EU-Ebene die von vielen lauten Stimmen geforderte Abschaffung der Sommerzeit erneut auf unbestimmte Zeit vertagt wurde. Folgerichtig war der empörte Aufschrei der Sommerzeitgegner noch lauter als ohnehin schon, beruft man sich in diesen Kreisen doch gerne auf eine der aktuellen Umfragen, die fast alle besagen, dass die Mehrheit der Deutschen gegen die Zeitumstellung sei. Sogar mein ansonsten wegen seiner anspruchsvollen Reportagen und Berichte hochgeschätzter Spartensender HR-Info hat sich kurz vor dem Zeitumstellungswochenende diesem boulevardesken Thema gewidmet, allerdings weit unter seinem sonstigen Niveau. Zufällig platzte ich dort in ein Radio-Interview mit einem Erlangener Arzt, der – nicht ohne einen an dieser Stelle eigentlich unangemessenen Stolz – schilderte, wie er seit 38 Jahren die Zeitumstellung komplett ignoriert. Schnell hatte ich als Zuhörer das Gefühl, dieser Arzt wolle für sein Revoluzzer-Dasein, quasi als Robin Hood des Biorhythmus, als Don Quichotte im märtyrerhaften Kampf gegen die Windmühlen der Uhrenzeiger gefeiert und mit medialer Aufmerksamkeit überschüttet werden. Derweil wurde aber immer klarer, dass sein primäres Anliegen gar nicht die Gesundheit der Menschheit, sondern sein persönlicher Feldzug gegen die Zeitumstellungen ist. Und da er ja Arzt ist, schenkt man ihm medial per se einen gewissen Experten-Vertrauensvorschuss, egal wie weit hergeholt seine Argumente auch erscheinen. Ein Experte, der uns allen Ernstes weißmachen möchte, dass viele der heutigen Volkskrankheiten wie Bluthochdruck, Herz-Kreislauf-Störungen, Diabetes oder Depressionen in engem Zusammenhang mit der Zeitumstellung stehen. Ne, ist klar, es ist nicht falsche Ernährung, mangelnde Bewegung, zu viel Nikotin oder Alkohol, was uns erkranken lässt, sondern dieser extreme Jetlag-Zeitquantensprung in eine fremde Bio-Galaxie, in der wir stets mindestens acht Wochen brauchen, bis sich unsere inneren Fett-, Leber- und Cholesterinwerte darin zurechtgefunden und eingepegelt haben. Was für ein kapitaler Schwachsinn. Wahrscheinlich macht der Arzt in anderen Interviews die Zeitumstellung auch für Hämorrhoiden, Ringelröteln, Läuse und Impotenz verantwortlich. „Schatz, vor einer Stunde konnte ich noch, jetzt leider nicht mehr." Und da man dieser Tage in Radio oder Fernsehen fast nur Argumenten gegen die Zeitumstellung Gehör schenkt, hier noch schnell mein ganz persönliches Argument dafür:

Jedes Jahr ab etwa Mai genieße ich die warmen Extrastunden im Hellen draußen auf der Terrasse beim Lesen oder Kartenspielen. Dass es dafür morgens erst um fünf Uhr hell wird statt um vier, kann ich verkraften, denn zu der Zeit spiele ich eher selten Karten auf der Terrasse. Mehr noch, im Hochsommer empfinde ich die allzu frühe Helligkeit mitunter sogar als latent schlafstörend.

70 Prozent der Deutschen sollen angeblich gegen die Zeitumstellung sein. Ich bin mir sicher, wenn sich am ersten hochsommerlichen Grillabend nach dem Ausstieg aus der Sommerzeit die Nacht plötzlich schon ab 20:30 Uhr übers Land legt, werden sich viele davon die Sommerzeit sofort und vehement zurückwünschen. Brexit lässt grüßen. Konsensvorschlag vieler Zeitumstellungsgegner ist übrigens, es durchgängig bei der Sommerzeit zu belassen. Grundsätzlich hätte ich aber kein Problem damit, dauerhaft in einer „fremden", vom Erlangener Arzt als „fast osteuropäisch" bezeichneten Zeitzone zu leben, und befürchte diesbezüglich auch keinen „Kulturschock" oder Ähnliches.

Wissen Sie, wer wie ich auf dem Land lebt, weiß, dass sogar innerhalb einer Zeitzone, schon im Nachbardorf, Uhren ganz anders ticken können. Noch ein letzter Tipp für diejenigen unter Ihnen, die sich seit 38 Jahren nicht merken können (oder wollen), wann die Uhr wie verstellt wird und ob es früher hell wird oder später dunkel.

Es ist doch ganz einfach: Im Herbst wird es früher spät und im Frühjahr heller dunkel.

47
Becker-Hecht ins Aus

„Was bedeutet das, Papa?“, will die neunjährige Luise wissen, als sie über meine Schulter hinweg die Schlagzeilen des Sportteils überfliegt. Es ist offensichtlich, welcher Satz ihr ins Auge gestochen ist. „Der 17-jährige Leimener wird 50.“ Diese Schlagzeile beschreibt im reinen Wortlaut ein biologisches Ding der Unmöglichkeit. Ohne einen konkreten Namen zu nennen, weiß dennoch fast jeder, wer, vor allem wie aber diese durchaus süffisante Formulierung gemeint ist. Eine ganze Generation, nämlich meine, ist mit dem jungen, ungestümen, aber so willensstarken Tennisrecken Boris Becker groß geworden. Auf ewig hat sich der Matchball seines ersten Wimbledonsiegs am 7. Juli 1985 gegen Kevin Curren in unser Gedächtnis eingebrannt. Dazu all die vielen aussichtslosen Aufholjagden, motivierenden Becker-Fäuste, nervenzerfetzenden Tie-Breaks und artistischen Becker-Hechte samt aufgeschlagenen Knien in Match-Dramen gegen Ivan Lendl, Stefan Edberg oder John McEnroe. Schon Jahre bevor Oliver Kahn die Durchhalte-Message „Imma weida“ prägte, lebte das rotblonde Tennis-Ausnahmetalent genau dies. Da war es völlig egal, dass „Bumm-Bumm-Boris“ verbal deutlich schwächer aufschlug als mit dem Schläger. Kein Parodist dieser Zeit kam ohne eine Becker-Parodie aus. Eine der bundesweit besten (davon bin ich heute noch überzeugt) hatte mein Ex-Kollege Dietrich Faber in petto. Es genügte ihm nicht, nur ein paar der legendären „Becker-Ähms“ in seine Sätze zu bauen, sondern er konnte ihn auch im Duktus sowie in Mimik und Gestik nahezu perfekt imitieren. Fakt ist: Unsere ersten gemeinsamen Auftritte bei Sportvereinen hätte es ohne den Hype um Boris Becker wohl nie gegeben. Wir haben den armen Boris im *Literarischen Quartett* bei Marcel Reich-Ranicki (auch den konnte Dietrich grandios imitieren) Bücher rezensieren oder als Pseudo-Liedermacher einen selbst komponierten Song an der Gitarre singen lassen. Hin und wieder wurden wir gefragt, ob wir denn keine Becker-Fans seien. So, wie wir ihn durch den Kakao ziehen würden. Ganz im Gegenteil. Wir waren große Becker-Fans, und selbst als Michael Stich in der Weltrangliste besser platziert war als Boris, konnten wir zu dem norddeutsch-unterkühlten, aalglatten Stich nie eine echte Beziehung aufbauen. Zudem wird Ihnen jeder Imitator bestätigen, dass hinter jeder Parodie auch eine gute Portion Verehrung steckt. Wer einem egal ist, den parodiert man nicht.

Seit dieser Zeit ist viel Wasser die Lahn und die Wetter hinabgeflossen. Niemals hätte ich damals gedacht, dass mir 20 oder 25 Jahre später mein damaliges Idol Boris Becker heute so egal sein würde. Mehr noch, es nervt mich regelrecht, wenn er irgendwo im Fernsehen auftaucht. Aber gut, am Zerstören seines Heldenstatus hat der Ex-Tennisprofi in den letzten 20 Jahren hart und kontinuierlich gearbeitet. Um eines klarzumachen, keiner verlangt von seinen sportlichen oder musikalischen Kindheitsidolen, dass sie sich auch jenseits ihrer Karriere heroisch verhalten müssen. Wer sich nach dem Zenit seiner Laufbahn dezent im Hintergrund hält, gegebenenfalls mit seinem verdienten Geld noch ein paar gemeinnützliche Projekte unterstützt, der wird in der öffentlichen Wahrnehmung unbeschädigt und unvergessen bleiben. Was aber machen Becker, Beckenbauer, Matthäus und Co? Treiben sich in Besenkammern rum, heiraten ein dussliges minderjähriges Model nach dem anderen, lassen sich bei WM-Vergaben schmieren, verstricken sich in Steueraffären oder plappern bemitleidenswertes Zeugs als eitle TV-Experten.

Vor zwei Wochen kursierte die Meldung, dass ein 29-jähriger Berliner vor einigen Jahren schon die Handynummer von Lothar Matthäus geerbt hat und von zahllosen Anrufen und Nachrichten für den umtriebigen Möchtegern-Lifestyler belästigt wurde. Es gibt Dinge, die braucht wirklich kein Mensch, das Ex-Handy von Lothar Matthäus zählt definitiv dazu. Gerade bei Becker und Matthäus denke ich, dass es offenbar wirklich nicht so einfach ist, ohne das Rampenlicht auszukommen, sich eine andere als die anvertraute Beschäftigung zu suchen oder gar als Privatier glücklich zu werden. Von den ganz großen Helden vergangener Tage gibt es leider nur wenige, die das richtig gut hinbekommen haben. Uwe Seeler oder Steffi Graf sind zwei Musterbeispiele, auch Philipp Lahm darf man jetzt schon dazuzählen. Wenn aber Boris Becker nun überall beteuert, er sei doch nicht pleite und er vermisse einen gewissen Respekt gegenüber seiner Person und seiner Bedeutung für den deutschen Sport, dann ist das die pure, ja fast kindliche Verzweiflung eines Ex-Idols angesichts des Fehlens einer unzerstörbaren Anerkennung. Eingefordert von einem, der mittels einer TV-Show die Welt davon informiert, dass er bezüglich des Themas Sex im Flugzeug „Klubmitglied" sei. Auf einem Flug nach Miami soll es passiert sein, mit Lilly. Nach Besenkammer also Airbus-Toilette, der Mann steht offenbar auf enge „Locations". Ein Mann, der in seinen bisherigen zwei Autobiografien fast stolz damit prahlt, dass Lilly ihm schon mal Wodka ins Gesicht geschüttet und Babs ihn sogar geschlagen habe. Ein Mann, der alles öffentlich macht, um öffentlich zu bleiben. Ein Mann, der dadurch sein Kapital, seine Marke und sein eigenes Denkmal kontinuierlich zersetzt hat. Nun ist er den Deutschen nahezu egal. Keiner parodiert ihn mehr. „Der 17-jährige Leimener wird 50." Von erwachsen war nie die Rede.

48
Der Sakko-Kreislauf

„Schatz, du bräuchtest mal wieder ein neues Sakko." So beginnt er in der Regel, der Kleiderkreislauf der Dinge. Jedenfalls bei mir, besser gesagt, bei uns. Manche Dinge laufen in einer langjährigen Partnerschaft immer gleich ab, ob Sie wollen oder nicht.

In meiner Ehe ist es zum Beispiel die Erkenntnis, dass ich noch in den Klamotten von 1997 rumlaufen würde, gäbe meine Frau mir nicht in (meist) bekömmlichen Dosen immer wieder Anstöße, mir mal wieder etwas Neues zuzulegen. Dieser Aufforderungsprozess ist für sie häufig lästig, da ich wiederum stets der Meinung bin, diese Appelle kämen immer zum unpassendsten Moment und daher eher ablehnend reagiere.

Sie wissen gar nicht, wie erfindungsreich ich sein kann, wenn es darum geht, am nächsten Tag nicht zum Klamottenkauf nach Gießen, Wetzlar oder zum Modehaus ins benachbarte Langgöns zu fahren. Zunächst versucht meine Frau, mich auf der Material- beziehungsweise auf der Sachebene zu überzeugen, und moniert, dass mein alter Sakko nun an den Ärmeln schon kleine Fusselknötchen bilde. In Bezug auf meine noch völlig intakten Wintertreter meinte sie letzte Woche zum Beispiel, das ehemals tiefporige Profil sei bereits seit acht Jahren zu einer ceranfeldähnlich glatten Fläche heruntergelaufen. „Aber wage dich nicht, die zur Altkleidersammlung rauszustellen, sonst bricht sich in Bethel damit noch einer die Knochen", mahnte meine Frau mit unüberhörbarem Appellcharakter, die Schuhe endlich in die Tonne zu kicken. Kommt gar nicht infrage, die blassen (ehemals dunkelblauen) Halbstiefel werden durch das über die Jahre absorbierte Streusalz noch ordentlich zusammengehalten. Die gehen noch eine Saison. Oder drei. Überzeugen mich keine sachlichen Argumente, schwenkt meine Frau flugs um auf die emotionale, vordergründig liebevoll anmutende Überzeugungsebene und sagt zum Beispiel Dinge wie: „Weißt du noch, wo wir dir diesen Pulli gekauft haben, Martin? Das war 2001 bei P&C, da war ich grade mit Lena schwanger." Was sie damit sagen möchte, ist offenkundig: Soooo alt ist das Teil schon. Und soooo out. Dieser Satz verrät aber noch mehr. Ja, es stimmt, in der Regel kaufen wir gemeinsam meine Kleidung.

Rein auf das Ergebnis bezogen ist das für alle Beteiligten das Beste, das haben beide Parteien auch so akzeptiert. Sie ist bei uns zu Hause die personifizierte Modekernkompetenz. Das geht sogar so weit, dass sie nicht nur die Kauf-Historie ihrer und meiner Kleidung auf ihrer Shoppingfestplatte hat, sondern auch die unserer Kinder. Ich hingegen kann mich im Normalfall schon nach ein paar Stunden nicht mehr daran erinnern, wo eine Hose gekauft wurde, weil ich versuche, Negativ-Erlebnisse („Das letze Mal hast du aber noch in eine Nummer kleiner gepasst") schnell zu verdrängen. Meine Frau betet Ihnen zu allen Stücken in unseren Schränken ohne zu zögern herunter, wo und wann welche Bluse, welches Hemd oder welche Hose erworben wurde, inklusive des Preises, des ehemaligen Preises und des Outfits der jeweiligen Verkäuferin. Phänomenal!

Die aktuell häufigste Methode, mich dazu zu bewegen, mir mal wieder etwas Neues zu kaufen, ist aber, dass meine Frau mir gezielt Dinge zeigt, die sie für mich tags zuvor in einem der Kataloge gefunden hat, die zu jeder neuen Modesaison ins Haus flattern. Hierbei legt sie dann aber ungeahnte Schwächen an den Tag. „Schatz, nur ganz kurz, ich habe da ein tolles Sakko für dich gesehen ...", versucht sie am Abend meine Mode-Aufmerksamkeit für ein paar Sekunden zu gewinnen, die ich ihr auch gerne schenke. Also ein paar Sekunden jedenfalls. Jetzt zählt es, denkt sie, und beginnt, emsig in einem der drei auf dem Wohnzimmertisch liegenden Kataloge zu blättern. „Das war ... warte mal, ich hab´s gleich", folgt als Nächstes, während sie sich ihren Umblätterzeigefinger erneut benässt. „Nee, das sind Badeanzüge, das kam dahinter ... oder?" Sie merkt, wie ich beginne, ungeduldig von einem Bein auf das andere zu steigen. „Ich hab´s gleich, Sekunde ..." Sie blättert, bis sie schließlich ganz hinten beim Bestellformular angekommen ist. „Gibt's doch nicht, gestern hatte ich es noch ..." Sie beginnt nun ganz vorne und viel langsamer, eventuell hat sie es ja in der Eile überschlagen. Ich hingegen schaue schon mit eineinhalb Augen wieder auf das Champions-League-Viertelfinalspiel meiner Lieblingsmannschaft, was für mich natürlich viel wichtiger ist, da meine Mannschaft erst 5:0 führt. „Komisch, ich bin mir ganz sicher, dass ..." Irgendwann später, als alle Spielfeld-Interviews und Studioanalysen zum Spiel beendet sind, weckt mich meine Frau und hat endlich das für mich ins Auge gefasste Sakko in Katalog Nummer drei gefunden. Nachdem sie sich so viel Mühe gemacht hat, bringe ich es einfach nicht übers Herz, ihr zu sagen, wie scheußlich ich das Teil finde. Nein, das Sakko wird bestellt und die nächsten 20 Jahre getragen. Es genügt mir völlig, dass es meiner Frau gefällt. Das tut es auch, jedenfalls die ersten drei Jahre. Dann beginnt der Kleiderkreislauf von vorn: „Schatz, du könntest eigentlich mal wieder ein neues …"

Übrigens, das mit dem Fußballspiel habe ich mir ausgedacht. Keine Ahnung, wie und wann ich zu diesem Sakko gekommen bin. Fragen Sie einfach meine Frau.

49
Höllenmaschine

Früher war manches anders. Zum Beispiel das Busfahren. Als ich zur Schule ging, war der Busfahrer jeden Morgen der gleiche und immer, wenn ich ihm schlaftrunken meine Monatskarte vorzeigte, tönte aus den Lautsprecherboxen des Busses gerade die Erkennungsmusik von *Pop und Weck* auf HR3. „Pop-, Pop-, Popmusic ..." Jedenfalls dann, wenn der Bus pünktlich war. Man mag es heute kaum glauben, aber früher hatte man als Schüler noch täglich die berechtigte Hoffnung, dass der Schulbus zu spät kommen könnte oder im Winter – bei Schneemassen oder Glatteis (die Älteren erinnern sich eventuell noch) – manchmal auch gar nicht. Heute sind nicht nur die Winter milder, sondern auch die Fahrzeuge zuverlässiger. Sie unterscheiden sich in Sicherheit und Fahrkomfort um Lichthupenjahre von den verrauchten Klapperkisten der frühen Achtziger mit Stoßdämpfern aus den Sechzigern und Heizungen, die öfter streikten als funktionierten.

Während ich diese Eingangszeilen zu Papier bringe, tauche ich immer tiefer ein in diese Kindheitserinnerung und setze mich in Gedanken wieder in meinen alten Schulbus, auf einen dieser aufgeschlitzten Sitze, aus denen eine gelbe, schaumstoffartige Füllmasse herausquillt. Neben mir sitzt der tumbe Dorfmacker, der mich ausnahmsweise mal mit Schubsereien und Beleidigungen verschont. Breit grinsend schreibt er mit einem dicken, schwarzen Edding „FUCK OFF" auf die Armlehne seines Sitzes und ergänzt seine zum Ausdruck gebrachte Lebenseinstellung zudem noch um eine ziemlich missratene Skizze eines männlichen Geschlechtsteils samt kugelähnlichen Anhängen. Nein, ich gehörte damals nun wahrlich nicht zu diesen notorisch destruktiven Zerstörer-Jungs. Wobei, das zu Knöllchen gedrehte, herausquellende Sitz-Füllmaterial per Fingerschnipp durch den Bus zu schießen, vornehmlich natürlich auf Mädchen, davon möchte ich mich nicht gänzlich freisprechen. Ansonsten lauschte ich, mit müdem Kopf ans Busfenster gelehnt, dem Programm von HR3, präsentiert von meinen Discjockey-Moderationshelden Werner Reinke, Thomas Koschwitz, Reiner Maria Erhardt oder Martin Hecht und schaute dabei verträumt hinaus in den stets nebligen Morgen. Am Weidiggymnasium angekommen, wunderte ich mich jedes Mal, wie sich dort oben das Wetter schlagartig verbessert hatte. Bis zu dem Tag, an dem ich feststellte, dass es die tieftrüben Scheiben des betagten Busses waren, die die vorbeiziehende Landschaft auch an sonnigen Frühlingstagen stets in schleierhaften Nebel hüllten. Kein Wunder, dass wir Schüler durchweg rammdösig zum Unterricht erschienen sind.

Ein paar Jahre später war das Busfahren passé, als ich mit 16 das Mofa meiner Schwester erbte und fortan auf meiner *Kreidler Flory* zur Schule fuhr. Bei jedem Wetter und jeder Temperatur. So banal es im Rückblick klingen mag, aber das war der Moment, in dem ich den Begriff „Freiheit“ zum ersten Mal bewusst wahrgenommen habe. Freiheit bei actiongeladenen 25 km/h Höchstgeschwindigkeit, denn ich fuhr vermutlich das einzige unfrisierte Mofa der ganzen Wetterau. Mir war das egal, ich bin damit sogar samstagabends in unsere Butzbacher Disco „Galaxis" gefahren, habe bis in die Puppen (also bis 22:15 Uhr) abgetanzt (also verklemmt an der Bassbox gestanden und auf die noch gänzlich leere Tanzfläche gestarrt), ehe es wieder mit Helm und Warmduscher-Nierengurt in Richtung Münster nach Hause ging, um dort, wie verabredet, gegen 22:30 Uhr als Eisklotz auf der Matte zu stehen. Klingt fürchterlich langweilig, ich weiß. Dennoch trauere ich bis heute diesen Mofa-Momenten nach und sehe zu, dass ich mir bei Sommerurlauben in südlichen Gefilden irgendwo eine 50er Vespa ausleihe und bei luftigen 30 Grad mit gefühlter Lichtgeschwindigkeit ins griechische Hinterland brause. Dabei ist es mir völlig egal, dass ich auch dort der einzige Alien bin, der mit Helm unterwegs ist. Dafür aber ohne Nierengurt, was in meinem jetzigen Alter schon unvernünftig genug ist.

In diesen unbeschreiblichen Cruising-Glücksmomenten habe ich stets ein großes Ziel vor Augen: Wenn ich in drei Jahren 50 werde, das Haus abbezahlt ist, ein paar Euro auf der hohen Kante liegen, ja, dann werde ich endlich zuschlagen. Mit 50 werde ich amtlich motorisiert durch Wetterauer Täler und über Vogelsberger Höhen cruisen. Dann, ja dann kaufe ich mir endlich eine echte Höllenmaschine. Also ein E-Bike.

50
Akte X-mas

Nein, ich bin nun wirklich niemand, der an spirituelle Magie, übersinnliche Erscheinungen, geheimnisvolle Wunderheilungen, Außerirdische in fliegenden Untertassen oder sonst welche Akte-X-ähnlichen Phänomene glaubt. Mit einer einzigen Ausnahme: Ich bin mir zu 1000 Prozent sicher, dass zwischen dem 6. Januar und dem ersten Advent eines jeden Jahres bei uns im Keller unerklärliche Dinge vonstattengehen. Dinge, die ich mit eigenen Augen sehe und mit eigenen Händen fühlen kann. Jedes Jahr aufs Neue. Was genau dahinter steckt, weiß ich nicht, aber es ist in hohem Maße mysteriös.

Wie immer entferne ich um den 6. Januar herum alle Lichterketten, Lichtergitter und sonstige Hängedeko von unseren Fenstern, der Balkonbalustrade und vom Christbaum. Jedes Jahr breite ich die Ketten ordentlich auf dem Boden aus und lege sie anschließend akribisch genau so zusammen, dass ich sie Ende November problemlos wieder aus der Kiste holen und ohne Umstände kinderleicht wieder an den entsprechen Stellen anbringen kann.

So weit die ausgefeilte Theorie. In der Praxis ist es aber so, dass ich jeden späten November frustriert vor den drei Kartons mit den Ketten und Netzen stehe und innerhalb der folgenden drei bis vier Stunden mehr fluche als das ganze Jahr. Die vor zehn Monaten überaus sorgsam in die Kartons gebetteten Lichterketten, Lichternetze, aber auch alle anderen Stoff- oder Drahtfäden mit Kugeln, Sternen oder anderen Dingen daran sind derart verknotet, als hätte jemand die Kisten den ganzen Sommer über jeden Tag eine halbe Stunde lang mit voller Kraft durchgeschüttelt. Das kann aber nicht sein, da – um genau das auszuschließen – dieser Teil des Kellers seit vorletztem Jahr hermetisch abgeriegelt ist.

Letztes Jahr bin ich daher zu dem Schluss gekommen, dass es für dieses Phänomen nur eine Erklärung geben kann. In den Kartons leben kleine, fiese Anti-Weihnachts-Wichtel und treiben dort den ganzen Sommer lang ihr zügelloses Unwesen. Dabei haben sie nur ein einziges Ziel: die zusammengelegten Sachen zu einem unentwirrbaren Labyrinth zu verknoten, um damit den Illuminier-Beauftragten der Familie, in dem Falle also mich, kurz vor dem ersten Advent in den kompletten Wahnsinn zu treiben. Letztes Jahr war das Wirrwarr so groß, dass ich erst vier Tage verspätet Beleuchtungsvollzug vermelden konnte, was meine Kinder ziemlich doof fanden. „Bei allen anderen leuchtet es schon, nur wieder bei uns nicht! Boa, ey, Papa, echt jetzt ...“ Ich hatte so eine Wut auf diese hinterlistigen Mistviecher – ich spreche nicht von den Kindern, sondern von diesen Wichtel-Terroristen –, dass ich kurzerhand mit den drei leeren Kisten raus auf den Balkon gegangen bin, sie auf den Kopf gestülpt und heftig ausklopft habe, in der Hoffnung, diese niederträchtigen Wesen würden herauspurzeln und sich mit erhobenen Händen für schuldig im Sinne der Anklage bekennen. Da sie dies aber ums Verrecken nicht taten, sondern sich wahrscheinlich vorsorglich in den Ritzen des Kartons verkeilt hatten, griff ich zu härteren Mitteln. Ich holte den Dampfreiniger aus dem Gartenhaus und kärcherte kurzerhand alle drei Kartons mit Sagrotan aus. Nicht ohne eine gewisse martialische Aggression, die an gängige Actionfilme erinnerte. Nun war ich mir sicher, diese Weihnachtsbeleuchtungszerstörer endgültig besiegt zu haben.

Das dachte ich zumindest am 10. Januar dieses Jahres. Als ich vor drei Wochen die Kisten wieder aus dem Keller holte und die erste Lichtergirlande penibel vorsichtig aus dem Karton hob, war mir sofort klar, dass selbst mein Kärchern im Januar nicht den gewünschten Erfolg gebracht hatte. Das gleiche Chaos, die gleichen knotenartigen Verstrickungen wie in all den Vorjahren. Hatte ich mit der linken Hand endlich eine der 34 Verwirbelungen gelöst, entstanden parallel an der rechten Hand und um den Oberschenkel herum drei neue Knoten. Es war zum Verrücktwerden. Es gibt absolut nichts auf dieser Welt, das mich so dermaßen kirre macht wie das zermürbende Entknoten von Lichterketten.

Deswegen aber komplett auf Weihnachtsbeleuchtung verzichten? Nein, kommt gar nicht in die Tüte, dazu liebe ich es zu sehr, wenn dann endlich alles wieder an seinem Platz hängt und funkelt, so wie jetzt. Da auch in der zurückliegenden Staffel von „Die Höhle der Löwen" kein Erfinder eine Lösung für dieses sicher weit verbreitete Konsumentenproblem geliefert hat, habe ich nun beschlossen, mir selbst zu helfen. Nächstes Jahr wird alles viel entspannter. Kein zermürbendes Entknoten mehr, nein, denn dieses Jahr werde ich die leeren Kartons nach dem Ausräumen der Ketten nämlich nicht dampfreinigen, sondern gleich verbrennen. Folgerichtig wandern am 6. Januar postwendend alle Lichternetze und Lichterketten in den Müll. Dort können sie sich verknoten, verzwirbeln und im Wust leuchten, bis sie schimmlig werden. Ich habe keine Lust mehr, kostbare Vorweihnachtszeit mit Ärgern zu verbringen, und beschlossen, ab sofort jedes Jahr alles neu zu kaufen. Mir ist durchaus bewusst, dass ich dafür weder vom BUND noch von ÖKOTEST eine Naturschutz-Urkunde bekomme, aber das ist mir mein innerlicher Adventsfrieden wert. Denn eines ist doch klar: Der Moment, in dem man Lichterketten, -netze oder -girlanden aus der jungfräulichen Verpackung holt, ist der einzige Moment in ihrem Leben, in dem sie unschuldig und rein vor einem liegen, als könnten sie niemandem etwas zuleide tun. Ein bisschen wie das Christkind. Wenn es mir dann noch gelingt, die jeweils seit Mitte Oktober in Dauerschleife bei uns zu Hause laufende Rolf-Zuckowski-Kinder-Weihnachts-CD inklusive des auf Dauer zermürbenden „In der Weihnachtsbäckerei" so verschwinden zu lassen, dass der Verdacht nicht gleich auf mich fällt, dann, ja dann könnte die Vorweihnachtszeit ganz entspannend werden.

51
Was ich brauch an Brauch

Die Frage, was es am Heiligen Abend zu essen gibt, ist den Deutschen so heilig wie der Abend selbst. Wie an kaum einem anderen Tag setzt man am 24.12. auf Bewährtes, auf Traditionelles. Auf Platz eins liegen hierzulande Würstchen mit Kartoffelsalat. „Das ist bei uns so Brauch", hört man dazu immer wieder. Genauso wie bei vielen die Gans am Folgetag. Brauchtum, ein im digitalen Zeitalter eher verstaubt anmutender Begriff, der uns vor allem in der Vorweihnachtszeit vermehrt begegnet.

Was aber ist Brauchtum eigentlich? Fragen wir dazu doch mal unsere neunmalkluge Freundin Wikipedia. „*Ein **Brauch** ist eine innerhalb einer Gemeinschaft* entstandene, regelmäßig wiederkehrende, soziale Handlung von Menschen. Bräuche sind Ausdruck der *Tradition*. Sie dienen ihrer Erhaltung und Weitergabe sowie dem inneren Zusammenhalt der Gruppe. Im Gegensatz zum *Ritual* ist der Brauch weit weniger symbolhaft auf ein ‚höheres Ziel' gerichtet." Während ich diese Zeilen lese, frage ich mich, welche Weihnachtsbräuche ich persönlich eigentlich brauche, um mich wohlzufühlen, um den *inneren Zusammenhalt* meiner Familie zu stärken. Die qualmige Raclette-Schlacht nach der Bescherung? Irgendwie schon, weil dieses Etappen-Essen in der Regel recht epische Zeitdimensionen annimmt und dadurch die Kommunikation fördert. Würstchen mit Kartoffelsalat hätten wir in hastigen 20 Minuten verschlungen. Was ist mir noch wichtig? Das Kaffeetrinken in meinem Elternhaus vor dem Gottesdienst. Wegen der Kindheitserinnerungen, aber auch, weil meine Mutter nur an diesem einen Tag im Jahr ihre unverzichtbaren „Karlsbader Oblaten“ zubereitet. In der Christmette selbst ist es vor allem das Schlusslied „Stille Nacht“, bei abgedimmtem Licht, das nicht fehlen darf.

Werfen wir aber nun einen Blick über den familiären Kaminsims hinaus und beleuchten Gegenden, in denen das Weihnachtsfest mit zum Teil doch recht skurrilen Bräuchen gefeiert wird. In Polen ist es zum Beispiel Tradition, am Weihnachtsabend stets ein Gedeck mehr aufzulegen, um einen unerwarteten Gast bewirten zu können. Aha, auch das erinnert mich an meine Mutter, die aus dem nicht weit entfernten Sudetenland stammt. Sie legt zwar kein zusätzliches Gedeck auf, kocht dafür aber stets für 18 Personen mehr, sodass wir aufgrund der mitgenommenen Reste häufig erst wieder im neuen Jahr kochen müssen. Jedes Jahr verspricht sie uns, besser zu kalkulieren, jedes Jahr scheitert sie, insofern ist das auch fast schon Brauchtum.

Weiter geht's in Sachen Weihnachtsbräuche nach Schweden. Am Nachmittag des 24. Dezembers versammeln sich gegen 15 Uhr Jung und Alt gemeinsam vor dem Fernseher. Was sich eine ganze Nation zu dieser heiligen Zeit in der Glotze anschaut? Ganz einfach: einen Film mit Kalle Anka, Knatte, Fnatte und Tjatte. Nein, es handelt sich um keine IKEA-Dokumentation. Es ist der gute Donald Duck mit seinen Enkeln Tick, Trick und Track. Als vor 20 Jahren der TV-Programmchef den Versuch wagte, aus Kostengründen am gleichen Sendeplatz Kinderfilme aus anderen Kulturen zu zeigen, hagelte es säckeweise Beschwerden, was zur Folge hatte, dass Kalle Anka blieb. Tja, Traditionen und Bräuche kann man halt nicht so einfach wegrationalisieren.

Rüber nach Finnland, wo um 12 Uhr mittags die ganze Nation in den Ort Turku schaut, in dem seit 500 Jahren traditionell der Weihnachtsfrieden ausgerufen wird, verbunden mit der Vorgabe, in den folgenden 12 Tagen die Weihnachtszeit nicht durch ein Verbrechen zu entweihen. Andernfalls, so ist übermittelt, müsse man mit besonders harten Strafen rechnen. Tja, das sage mal jemand meiner Tante Paula, deren alljährliche Ganszubereitung traditionell einem Verbrechen schon recht nahe kommt.

Zum Ende unserer Brauchtumsreise noch schnell nach Spanien, genauer gesagt nach Katalonien. Hier gibt es nämlich einen – halten Sie sich fest – Geschenke scheißenden Baumstamm, den Tió de Nadal. In der Weihnachtszeit wird von den katalanischen Kindern ein Baumstamm mit Beinen, einer Mütze und einem aufgemalten Gesicht und dazu mit einer Decke verziert, damit ihm nicht kalt wird. An Weihnachten selbst singen die Kinder dann ein spezielles Lied und klopfen mit Stöcken auf den Stamm. Ich vermute mal, um die Verdauung anzuregen. Wenn die Kinder dann die Decke wegziehen, finden sie Süßigkeiten und kleine Geschenke, die der Tió de Nadal ausgeschieden hat. Lecker. Wahrscheinlich stammt daher auch der Begriff „Magenbrot". Das sieht auch oft aus wie hingesch... . Jetzt werden Sie vermuten, dass dies womöglich ein heidnischer Brauch ist, der nichts mit der eigentlichen Weihnachtsgeschichte zu tun hat. Falsch, denn „el Caganer", also der „Scheißer", ist in Katalonien eine der wichtigsten Krippenfiguren. Er erledigt etwas abseits vom Jesuskind mit heruntergelassenen Hosen sein Geschäft. Meist unter einer Brücke, hinter einem Heustapel oder einem anderen diskreten Platz, ohne direkte Sicht auf die Geburtskrippe, denn das wäre wiederum zu respektlos dem Christuskind gegenüber. Wie rücksichtsvoll. Hoffentlich steht der Wind gut rund um die Krippe.

Bevor es nun aber zu unappetitlich wird, wünsche ich Ihnen ein frohes und friedliches Weihnachtsfest und einen guten Rutsch ins neue Jahr.

52
Fett ins neue Jahr

Ich hoffe, Sie sind gut ins neue Jahr gestartet. Ein Jahr, in dem ich Sie weiterhin mit meinen satirischen Familienkolumnen erfreuen darf. Nun allerdings nicht mehr wöchentlich, sondern im 14-Tage-Rhythmus, denn auch ich habe mir für 2018 einiges vorgenommen. Dazu zählt unter anderem, insgesamt ein wenig zu entschleunigen.

Sie alle kennen diese gut gemeinten, aber in der Regel halbgaren Silvesterabsichten, von denen viele im Januar schon flöten gehen und von denen oft nur der Handel profitiert. Ja, die großen Supermarktketten waren auch beim zurückliegenden Jahreswechsel auf den wohl häufigsten Vorsatz der Deutschen – sich wieder mehr zu bewegen als von der Couch zum Kühlschrank – bestens vorbereitet und haben nahezu selbstlos ihre Produktprogramme speziell darauf abgestimmt. ALDI-Kunden wurde zum Beispiel schon nach Weihnachten per Werbeblättchen ab dem 2. Januar eine Produktpalette unter dem Slogan „Der fitte Start ins Jahr" angekündigt. Ein etwas irreführendes Motto, wie ich finde. Um mich als vollgefutterten und feiertagsträgen Kunden wirklich anzusprechen, hätte es „Der fette Start ins Jahr" heißen müssen. Wäre ich zum Jahresstart schon fit, würde ich all diese absolut unabdingbaren Fitmacher-Produkte aus dem Prospekt doch gar nicht benötigen. So aber muss es natürlich die *Sporttasche* für nur sagenhafte 9,99 Euro sein, denn das Verwenden der „alten“, fast unbenutzten Sporttasche aus dem Januar 2017 erinnert zu sehr an gescheiterte Fitnessstudioanläufe des Vorjahres in dreistelliger Höhe und untergräbt somit den ungebremsten Positivismus des taufrischen Neujahrsvorsatzes. Absolutes „Must-have“ dieser Fitnesssaison ist neben dem *Fitnesstuch rutschfest* der *Slingtrainer,* eine Art Gummibandvorrichtung, die wahlweise an ein Pferdegeschirr oder an Utensilien aus dem SM-Schocker „Shades of grey“ erinnert. Dort eingehängt, können Sie dann – knapp über der ebenfalls erworbenen *Fitnessmatte* baumelnd – die im Prospekt mitbeworbene *Fatburner-DVD* zu 6,99 Euro anschauen. Das hilft wirklich, denn Sie sind somit tatsächlich nicht mehr in der Lage, ohne fremde Hilfe den Nasch- oder Kühlschrank zu erreichen. Das wirklich Bemerkenswerte ist jedoch, dass ALDI mitdenkt, mehr noch, sich um seine Kundschaft sorgt, denn schon zwei Seiten weiter wird das große Sortiment an *Bandagen* für alle beim Neujahrssport verrenkten Körperzonen zum Schnäppchenpreis feilgeboten, ehe gegen Ende des Werbeblattes die unvermeidliche Produktabteilung „Gesunde Ernährung“ folgt mit semi-leckeren *Protein-Shakes, Protein-Riegeln, Multi-Direktsäften,* allem voran aber dem absolut unverzichtbaren *Vitaminwasser.* Tse, Vitaminwasser ...

Ganz ehrlich, es gibt immer wieder Dinge, die kann man als Satiriker nicht erfinden, die muss der Handel erst auf den Markt bringen. Womöglich gibt es bei ALDI in Kürze auch heiße Luft in Dosen. Aber sei's drum, ALDIS, Verzeihung, all dies hilft natürlich ungemein, den Abspeck-Neujahrsvorsatz durchzuziehen. Die auf der letzten Seite mitangebotenen Kohlehydrat-Blocker und Fett-Control-Tabletten kauft man vorsorglich mit, falls man dann doch am letzten Ferienwochenende den Inhalt der restlichen vier vollen Plätzchendosen – in einem kleinen Anflug von Vorsatzschwäche – oral entsorgt hat.

Beim Konkurrenten LIDL gab es übrigens zum gleichen Zeitpunkt laut Prospekt *Liegestützgriffe*, *Powersticks* und *Balance-* und *Vibrationsboards* (so was haben wir schon, nennt sich „Gartentisch", da legt man Bierdeckel drunter, damit es nicht wackelt ...). Auf Seite 4 des Blattes sah man zudem einen komplett durchtrainierten jungen Mann mit eingezogenen Beinen auf einem kleinen Indoor-Fitnesstrampolin hüpfen, an dem eine senkrechte Stange mit einer Art Fahrradlenker obenauf befestigt war, woran sich der Turnende festhielt. Das Ganze natürlich in eigens mitgelieferten, rutschfesten Trainingssocken. Selten habe ich einen fitten Mittzwanziger in solch demütigender Pose gesehen. Man kann nur hoffen, dass das Werbeshooting an diesem stehenden Fitnessrollator gut bezahlt war. Ein Gerät, bei dem ich schon auf dem Foto das Gefühl habe, es könnte jede Sekunde nach vorne kippen und den smarten Werbeboy samt einer unschönen Begegnung seiner Werbevisage mit dem Metalllenker, kopfüber auf das Laminat katapultieren.

Wissen Sie, es ist ja nicht so, als hätte ich nicht auch einen kleinen Abspeckvorsatz gefasst, aber ich werde einen Teufel tun und in diese dreisten Konsumfallen tappen, mir Zeugs kaufen, das spätestens nach drei Wochen nutzlos in der Ecke rumsteht und Platz zum

Leben wegnimmt. Nein, ich werde hoffentlich bald wieder raus zum Laufen gehen und dies dann ganz bewusst ohne die in den Märkten angepriesenen *Funktionshosen* oder *Funktionsshirts*. Das Laufen *funktioniert* nämlich überraschenderweise auch in ausgetretenen Turnschuhen und schlabbrigen Jogginghose recht gut.

Übrigens, um Ihnen final aufzuzeigen, wie hellseherisch und selbstlos die Discounter unsere Bedürfnisse befriedigen: Nach der inneren und äußeren Reinigung des wichtigsten Gutes, also seiner selbst (Fitness, Gesundheit, Körperpflege), widmete sich LIDL eine Woche später umgehend der Reinigung des dem Deutschen Zweitwichtigsten und verkaufte ... na, raten Sie mal, genau: Autopflegeprodukte. Völlig überflüssig, denn die mittlerweile verschmähte Fitnessmatte aus der Vorwoche funktioniert – etwas zugeschnitten – wunderbar als Fußmatte im Auto. Und der *Slingtrainer* mit den Gummibändern mit etwas Fahrgeschick als Abschleppseilalternative.

Ob mit oder ohne vorsätzlichen Vorsatz, ich wünsche Ihnen allen ein gutes neues Jahr! Oder ein fettes, wie meine pubertierende Tochter jugendsprachlich sagen würde.

53
Geburtsvorbereitung, Teil 1

Heute und nächste Woche ist es mal wieder an der Zeit zurückzublicken, denn ich war ja schon zwölf Jahre, bevor ich die Reihe „Vatertage" begonnen habe, bestens involviert in das „Papa"-Thema. Schon pränatal habe ich begonnen, prägende Momente des Vaterwerdens zu notieren, nicht zuletzt auch, um diese völlig neuartigen Erfahrungen besser und nachhaltiger verarbeiten zu können.

Dazu gehört unter anderem auch der Geburtsvorbereitungskurs. Lange bevor sich unsere große Tochter ankündigte, stand für mich fest, dass ich bei der Geburt unseres ersten Kindes im Kreißsaal dabei sein wollte. Um meine Frau zu unterstützen, aber auch, um von Beginn an ein Vater zu sein, auf den sich das Kind voll verlassen kann. Nichts konnte mich von diesem Vorhaben abhalten, auch die Horrorszenarien einiger diesbezüglich offenbar schwer traumatisierter Väter nicht. Meine Frau war etwa in der achten oder neunten Woche schwanger, als sie mich darauf hinwies, dass meine Rolle als Vater aber nicht erst mit dem Tag der Entbindung beginnen müsse. Das leuchtete mir ein und so begleitete ich sie voller Spannung und Vorfreude bei den turnusgemäßen Untersuchungen in den Räumen der Frauenarztpraxis, wo ich ein ums andere Mal einen schwarz-weißen Monitor-Blick auf unser Kind ergattern und ihr Herzchen pochen hören konnte. Großartig!

Etwas später offenbarte mir meine Frau dann aber,

was für sie noch zum pränatalen Vatersein gehöre: der gemeinsame Besuch eines Geburtsvorbereitungskurses. Diesbezüglich pochte mein Vaterherz allerdings nicht gar so lautstark, fielen doch die diesbezüglich gewonnenen Eindrücke und Erfahrungen einiger meiner Freunde eher durchwachsen aus. Aber schon kneifen, bevor das Kind da ist? Nein. So entschlossen wir uns zu einen der Kurse, bei denen optional (also eher hier und da mal) der Partner mitgebracht werden konnte. Ich hoffte, dass ich in den Monaten bis zum ersten Kursabend meine diffusen Ängste, pauschalen Vorurteile und tiefen Zweifel bezüglich der Inhalte und Aktivitäten eines solchen Kurses überwinden konnte. Säßen da alle im Schneidersitz bei Räucherstäbchen und Buddhismus-Geträller? Musste ich, nur weil ich Vater wurde, meinen Beckenboden locker atmen? Würde man mich zwingen, alberne Hecheleien von mir zu geben? Und das Wichtigste überhaupt: Säßen dort außer mir noch andere Männer?

Während unsere Tochter im Bauch ihrer Mutter munter vor sich hin gedieh, wuchs bei ihrem werdenden Vater der Respekt vor dem ersten pränatalen Sitzungsabend, der schließlich unausweichlich vor der Tür stand. Schweigend fuhr ich mit meiner Frau nach Gießen auf das Gelände der Uniklinik. Ein kleiner, wenig vertrauenerweckender, alter Aufzug brachte uns ins oberste Stockwerk der Gießener Frauenklinik zur Hebammenschule. Im Flur erwartete uns die Kursleiterin, eine recht blasse, nur dezent lächelnde Frau um die 50. Ich vermutete spontan eine Hebamme der „alten Schule“ und ging daher davon aus, dass sie die bloße

Anwesenheit eines solch tapferen und modernen Mannes wie mir schon bewundernswert fand. Weit gefehlt. Ohne eine besondere Belobigung ließ uns die Dame kommentarlos die Tür passieren und wir suchten uns im hochsommerlich temperierten Kursraum ein Plätzchen an einem der vier bereitgestellten Tische. Nachdem alle Teilnehmer eingetrudelt waren, darunter zum Glück auch vier bis fünf Männer, schrieb die Kursleiterin zunächst wortlos ihren Namen an die Tafel. Dazu ein „Herzlich willkommen“ für alle, die wie ich ihrem wenig einladenden Blicken draußen im Flur nicht getraut hatten. Nach einem ebenso kurzen wie strammen Überblick über die Inhalte der anstehenden sieben (nee, oder?) Kursabende, die wir jetzt ALLE gemeinsam absolvieren würden, wie der Gynäkologie-Feldwebel betonte (Mist, nichts mit zwei-, dreimal alibimäßig mitkommen), ging es zunächst zu einer informativen Besichtigung runter in die beiden Kreißsäle. So weit, so gut, so ungefährlich.

Während der erste, einführende Kursabend eher informativen Charakter hatte, ging es eine Woche später dann richtig zur Baby-Sache. So hoffte ich zumindest, schließlich war ich doch hier, um das Wickeln, Waschen und Pudern des Babys zu erlernen. All die mir bisher so fremden Handgriffe, die dazu beitragen sollten, das Baby in den ersten Wochen und Monaten nicht verwahrlosen und zu Hause nicht gar so häufig auf den frisch gekachelten Fußboden fallen zu lassen. Dazu nächstes Mal mehr, wenn ich Ihnen u. a. auch von sommerlich-schwülen Abenden mit leicht bekleideten, knackigen Hebammenschülerinnen auf schwitzigen

Petzi-Bällen erzähle. Sie merken, ich tue alles dafür, um auch die männlichen Leser bei diesem Frauenthema bei der Stange zu halten. Bis dahin ein Entspannungstipp aus der ersten Kursstunde von damals: immer schön tief in die Milz atmen. Wo auch immer die sein mag.

54
Geburtsvorbereitung, Teil 2

Heute geht es weiter mit der Aufarbeitung meines ersten Geburtsvorbereitungskurses vor über 15 Jahren. Ganz ehrlich, die ersten Kursstunden waren eine totale Enttäuschung. Auch nach dem vierten Abend hatte ich noch kein Baby, geschweige denn eine Baby-Attrappe zu Gesicht beziehungsweise in die Finger bekommen. Im Gegenteil, mit dem zweiten Abend hatte die Fitness-Queen unter den jungen Hebammenschwestern den Kurs vorübergehend unter ihre drahtigen Fittiche genommen. Während draußen auch nach 19 Uhr noch hochsommerliche 33 Grad herrschten, waren es hier unter dem unisolierten Altbaudach mit nur kleinen Fensterluken sicher locker über 45 Grad. Das Ganze bei einer Luftfeuchtigkeit von 135 Prozent, wenn alle dampfenden Kursteilnehmer gleichzeitig ausatmeten. Nach etwa 30 Minuten *aufwärmender* (als wäre das nötig), Sommer-Skigymnastik (heute nennt man das *Zumba*) ging es anschließend darum, die restliche Zeit des Kurses dehnend (und nicht gähnend!) auf sogenannten Petzi-Bällen zu verbringen. So kugelten und hüpften zehn erwachsene und voll im Berufsleben stehende Menschen über eine halbe Stunde auf dick aufgeblasenen bunten Gummibällen herum, was nicht wirklich ästhetisch anmutete, wie mir ein kurzer, verstohlener Blick in die Elefantenrunde zeigte, in der außer mir nur noch zwei andere Männer übriggeblieben waren. Die anderen hatten nach dem Eröffnungsabend den Braten gerochen und rechtzeitig den Absprung geschafft. Ich machte tapfer mit, so gut es ging, wobei es selten Situationen gegeben hat, die ich als demütigender empfunden habe als diese gymnastiklastigen Kursabende.

Als es dann aber am vierten Abend im Rahmen der Übungseinheit „Schambein auf drei Uhr" darum ging, dehnend in den Beckenboden zu atmen, musste ich aufgrund mangelnder Anatomiekennnisse und eines aufkommenden Lachanfalls dann doch passen. Wen wundert's, selbst den schwangeren Frauen verlangte diese Übung ein hohes Maß an Körperorientierung ab. So setzte ich mit einem glaubhaft vorgetäuschten Schwächeanfall an die Seite und ergriff kurzerhand die Rolle des von außen Beobachtenden. Eine Position, die mir als Satiriker grundsätzlich viel vertrauter und wohler ist. In diesem speziellen Fall ganz besonders auch, weil sich von der Ruhebank aus ein recht interessanter Blickwinkel auf die junge, fitnessaffine und – zugegeben – sehr attraktive Hebammenschülerin bot. Als ihr bei den letzten Verrenkungen das ohnehin schon knappe Trainingshöschen so verrutschte, dass sich weite Teile ihres pinken String-Tangas in mein Auge bohrten, wusste auch der mittlerweile neben mir hockende Mit-Mann nicht so recht, wo er hinschauen sollte. Zu seiner kugelrunden Frau oder doch lieber ins knackig Pinke? Insgeheim vermute ich rückblickend, dass dieser Kursabend damals ein ganz gezielter, letzter Standfestigkeitstest war, bevor die Beziehung durch die Geburt des ersten Kindes eine noch größere Verbindlichkeitsdimension annahm. Und, was soll ich sagen, ich habe den Test glorreich bestanden. Nach außen hin jedenfalls, die Gedanken sind ja bekanntlich frei.

Zum Glück gab es gegen Ende des Kurses doch noch zwei Abende, in denen es nun endlich um die wirklich wichtigen Dinge rund um das Kind ging. Alles andere im Vorfeld, so mein Fazit damals wie heute, hätte ich mir sparen können. Nicht, dass wir uns missverstehen, man konnte mir wahrlich kein mangelndes Interesse an der Schwangerschaft meiner Frau vorwerfen, aber Gesäßmuskeln anspannen und in die Milz atmen kann Mann auch zu Hause beim Champions-League-Gucken auf der Couch. Aber egal, ich habe den Kurs gemeinsam mit meiner Frau tapfer durchgezogen, was sich unterm Strich absolut gelohnt hat, denn wir haben auf den Rückfahrten von Gießen stets so viel gelacht, dass unsere beiden Beckenböden irgendwann so locker waren wie frischer Konditor-Biskuit.

Dennoch blieb es für mich bei diesem einen Geburtsvorbereitungskurs, meine zweite Tochter möge es mir verzeihen. Zum Zeitpunkt der zweiten Schwangerschaft meiner Frau war ich schon biblische Ende 30. Nicht auszudenken, wenn ich in diesem Alter hechelnd von einem Petzi-Ball gestürzt wäre. Komplizierter Oberschenkelhalsbruch, Reha und dann Rollator, man kennt das ja in diesem Alter. Außerdem war mein Fußballverein zu der Zeit gerade erfolgversprechend gut in der Champions-League unterwegs und die Kursabende lagen mittwochs. Die wirklich wichtigen Dinge, wie man ein Baby unfallfrei badet, das Fläschchen steril vaporisiert, hypoallergene Folgemilchnahrung zufüttert, vor allen Dingen aber, wie man das Kind wickelt, wenn es bockig auf der Wickelkommode auf und ab springt, als läge ein Petzi-Ball unter ihm, konnte ich vom ersten Kind her noch – im wahrsten Sinne des Wortes – im Schlaf.

Und sollte es mich jetzt, gut zehn Jahre nach dem zweiten Kind, tatsächlich noch mal nachwuchsmäßig treffen, was wäre dann? Ich wäre entspannt bis zum Beckenboden. Wissen Sie, ich bin mittlerweile in einem Alter, in dem ich nun ohnehin nachts öfter raus muss. Das wäre ein Weg.

55
Götter in Blau

Dieses Jahr dachte ich wirklich, ich sei früh genug, doch wieder sehe ich mich getäuscht. „Tut uns leid, vor übernächster Woche geht gar nichts“, tönt es aus dem Telefonhörer, „jetzt ist Stoßzeit, jetzt wollen ja alle“, ergänzt die trainiert nette Dame vom Autohaus meines Vertrauens mit einem dennoch unüberhörbar vorwurfsvollen Ton. „Na ja, bis vor sechs Tagen waren es noch minus 11 Grad, da wollte ich noch keine Sommerreifen aufziehen lassen“, hätte ich am liebsten geantwortet, spare mir den offenen Konflikt jedoch, weil ich weiß, dass ich solch kleine, alltägliche Niederlagen in meinen Kolumnen ganz gut therapeutisch verarbeiten kann.

Im Zuge dessen frage ich mich wirklich, ob es Mitbürger gibt, die schon Wochen im Voraus Langzeitwetterprognosen ähnlich akribisch verfolgen wie Börsennotierungen, um den heiligen Termin des Reifenwechselns optimal zu timen. Natürlich könnte ich – wie früher – die Reifen selbst wechseln. Dazu müsste ich lediglich mit mir einen Termin ausmachen, was allerdings auch nicht immer leicht ist und nur zu gerne verschoben wird. Zudem rollt man dann auf eigenes Risiko, das heißt, es bleibt – zumindest bei mir – stets die unterschwellige Frage, ob ich die Reifen auch wirklich korrekt aufgesetzt, die Schrauben auch wirklich fest genug angezogen habe. Nein, bei der doch stattlichen Anzahl meiner monatlichen Kilometer lege ich heute mein bereiftes Schicksal lieber vertrauensvoll in die Hände von Fachleuten. Bei solchen turnusgemäßen Werkstattbesuchen wird mir immer wieder bewusst, wie sich doch die heutigen, modern-durchoptimierten Werkstätten von denen unterscheiden, die ich mit meinen ersten Vehikeln aufgesucht habe. Nicht nur, weil es damals eine völlig andere Zeit war, nein, auch, weil ich nun einen komfortablen Leasing-Neuwagen fahre und nicht mehr einen rostdurchzogenen Scirocco aus neunter Hand. Ein froschgrünes Geschoss, in dem man mehr lag als saß und dessen Wert sich durch den Einbau von tellergroßen Lautsprechern in die Kofferraumabdeckung und eines angesagten Blaupunkt-Radios locker mal verdoppelte. Damals waren meine Besuche in ziemlich freien Werkstätten eher angstgeprägt ob der Reparaturkosten, die da stets aufgerufen wurden. Hiobsbotschaften, die meist von wichtigtuerischen Kfz-Blaumännern überbracht wurden, wie man sie heute nur noch selten in Werkstätten antrifft. Nein der hippe Kfz-Mann von heute trägt keinen Blaumann mehr, sondern aktuellste „Funktionswear" von Engelbert Strauß.

Nicht verändert hat sich allerdings die Tatsache, dass ein Auto-Laie wie ich den Einschätzungen eines Meisters oder Gesellen hilflos ausgeliefert ist. Lediglich die Kommunikation drum herum hat sich verändert. Heute ist man besser geschult, Kunden Negatives zu vermitteln. Auch der Vorwurfston, wenn man mal eine Inspektion verpasst hat, ist nicht mehr so scharf wie früher. „Sie hätten schon bei Kilometer 87 000 zur Inspektion bei uns sein müssen", hieß es damals einmal, als ich den eigentlichen Termin mit meinem Froschflitzer um ein paar Hundert Kilometer verpasst hatte. Sogleich informierte man mich darüber, dass nun zwei Drittel aller Reparatur-Gewährleistungen vom letzten Mal erloschen seien. Etwas später wurde mein Auto mittels Hebebühne in die Luft gewuchtet und von einem Kittelblaumann unter ständigem Kopfschütteln inspiziert. Ich stand daneben wie der berühmte Schuljunge. „Ich glaub, den lasse mer am besten gleisch hier", resümierte der Werkstattmeister und überrumpelte mich damit vollends. Verstört wagte ich die dezente Frage, ob diese sicher kostspielige Reparatur wirklich notwendig sei, schließlich wäre ich ja völlig ohne Probleme hier in die Werkstatt gekommen. Auf diese Frage hatte der Karosserie-Chefarzt nur gewartet. Bedeutungsschwanger brummte er kaum verständlich: „Müsse tun mir gar nix ..." Es folgte eine durchchoreografierte dramaturgische Pause, ehe er süffisant fortfuhr: „Es gibt ja Leud, die brauche en gewisse Nervvekitzel ..." „Ja, aber er fährt doch ...", warf ich ein. „Tja, noch!", grummelte die Pkw-Koryphäe triumphierend, fest davon überzeugt, ich würde nun zu meiner eigenen Sicherheit die Werkstatt umgehend damit beauftragen, alles am Fahrzeug zu erneuern, was auch nur defekt sein könnte. Bis heute ist mir in bester Erinnerung, wie heldenhaft ich damals mit meinen jungen 20 Jahren dem Gott in Blau Paroli bot. „Ähm, ich muss das erst noch mal überlegen, ich melde mich dann." Der Kfz-Meister ließ theatralisch schnaufend mein Auto wieder zu Boden. „Gut. Ist ja Ihr Risiko", erwiderte er mit unechter Gelassenheit, nicht ohne noch einmal seinen „Was-schert-es-mich-wenn-Sie-auf-der-Heimfahrt-tödlich-verunglücken"-Blick aufzusetzen. Ich rollte aus der Werkstatt und steuerte meinen grünen Scirocco sicher nach Hause. „Keine Sorge, Fröschlein, ich gebe dich nicht in die Hände dieser unseriösen Kurpfuscher. Ich erspare dir eine Not-OP mit tagelanger Intensivstation und mir sicher an die 500 Mark."

Genau die 500 Mark, die ich zwei Wochen später allein für den Abschleppdienst bezahlt habe, als ich jenseits von Wetzlar mit Totalschaden liegen blieb. Auf dem Gelände der Schrott-Firma Willi Eimer in Langgöns habe ich mir dann Autoradio und Boxen ausbauen lassen und anschließend ist mein erstes Auto in Würde von mir gegangen. Ich bin stolz auf meine Entscheidung von damals, denn ich hatte wenigstens noch zwei Wochen Zeit, mich zu verabschieden.

56
T-Kesselchen

Letztens stand für mich als Gerade-Noch-Mittvierziger mal wieder ein sogenannter „Check-up" beim Hausarzt an. Um ehrlich zu sein, eigentlich stand er schon länger an, einen Termin habe ich aber erst ausgemacht, als mir meine Frau mit einer schmutzigen Scheidung drohte. Eventuell kennen Sie das ...

Als ich am Vorabend des Arzttermins wie gewohnt nach dem Abendessen in der Küche schon das Frühstück eindeckte, stutze meine jüngere Tochter Luise. „Hä? Papa, warum nur für drei?" Sie meinte die Anzahl der bereitgelegten Frühstückssets aus Brettchen, Tasse und Messer. „Na, weil ich doch morgen früh beim Arzt bin und dafür nüchtern sein muss." Sie ahnen sicher schon, welches Teekesselchen-Missverständnis sich anbahnte. „Aber zum Frühstück trinkst du doch Kaffee und kein Bier", merkte die jetzt Neunjährige an und es klang so, als ob ich sonst zu allen anderen Tages- und Nachtzeiten ausgiebig dem Gerstensaft fröne. Schnell erklärte ich, was „nüchtern" auf medizinisch bedeutet und dass ich daher auf das Frühstück verzichten müsse. Voller Mitgefühl für mich ging sie ins Bett. Als am folgenden Morgen meine drei Frauen aus den verschiedenen Richtungen in der Küche eintrudelten, saß ich, da ich ja bald zum Arzt musste, schon fertig angezogen am Frühstückstisch und las die Tageszeitung. „Ich denke, du darfst nicht frühstücken", sagte Luise, nicht ohne eine gute Portion Vorwurf. Irritiert nahm ich die Zeitung herunter: „Mach ich doch auch gar nicht." „Doch, Papa, du liest die Zeitung", monierte die Kleine. Wie recht sie doch hatte. Daran hatte ich gar nicht gedacht. Ich futterte fleißig Buchstaben. Würde die Hausärztin eine halbe Stunde später beim Ultraschall womöglich unverdaute Satzfetzen von Artikeln finden, die ich am Morgen in aller Eile hastig verschlungen hatte? Es wäre kein Wunder, war es doch der Morgen nach dem Terroranschlag in Barcelona, da können einem Augenzeugenberichte schon mal schwer im Magen liegen.

Wie fast immer, wenn es bei uns zu Hause zu solchen kleinen verbalen Missverständnissen kommt – wie in diesem Fall mit dem Wort „nüchtern" – spiele ich mit meinen Töchtern gerne, jeweils altersgerecht und mit selbst kreierten Varianten, das gute alte Teekesselchenspiel. Es ist immer wieder ein großer Spaß, Doppeldeutigkeiten (Fachleute sprechen von Polysemien) aufzustöbern. Allein die Vorstellung, man würde den dicken Knäuel Elektroschnüre unter meinem Schreibtisch in eine Schüssel geben und mit Essig und Öl zu einem Kabelsalat anmachen, erzeugt Heiterkeit. Aus solchen Blödeleien ergab sich zum Beispiel auch die Erkenntnis, dass man in einer Kita-Küche höchstwahrscheinlich das „Jüngste Gericht" zubereitet und ein Landwirt ein echtes Problem hat, wenn er in seinem Maisfeld einen Kolbenfresser hat.

Auf der Autofahrt zum Arzt durchforstete ich an diesem Morgen die deutsche Sprache nach neuen Teekesselchen, um etwas später im Untersuchungszimmer der Praxis zu erfahren, dass ich aufgrund eines erhöhten Blutdrucks weniger Kaffee, stattdessen lieber grünen Tee trinken solle. „Und das am besten aus einem Teekesselchen", hätte ich am liebsten geantwortet, wohl wissend, dass das Wort Teekesselchen selbst ein Polysem ist. Ich verkniff mir bei der Ärztin aber dieses Wortspiel, da kalauergeprägte Verbalspielchen mitunter auch einsam machen können, wenn man an Mitmenschen gerät, die dafür nicht so ein ausgeprägtes Faible haben wie ich und zum Glück auch meine Familie.

Ein großer deutscher Telefon- und Internetanbieter scheint für solchen Verbalklamauk so gar nichts übrig zu haben. Vielleicht erinnern Sie sich, ich hatte mich schon im Herbst 2016 im Rahmen dieser Kolumnenreihe gefragt, warum der Konzern mit dem großen T nicht ein magentafarbenes „T-Kesselchen" in seine Merchandisingpalette aufnimmt. Ein kleines Porzellangefäß, aus dem man sich Beruhigungstee servieren kann, wenn der Anschluss mal wieder tot ist, das Internet in Kriechgeschwindigkeit daherkommt und der Servicemitarbeiter frühestens in sechs Tagen vor Ort sein kann. Bis heute konnte ich aber weder im Werbeartikel- noch im Prämienshop des Konzerns so etwas finden. Falls dort aber dann doch irgendwann mal ein pinkes „T-Kesselchen" auftauchen sollte, sind Sie, liebe Leserinnen und Leser, mein Zeuge, dass die Idee von mir stammt und es nur rechtens wäre, mich am Verkaufserlös zu beteiligen.

Übrigens: Am Mittag nach dem oben erwähnten Arztbesuch gab es – weil ich so ausgenüchtert war – vor dem Hauptgang noch eine Suppe. Und wie es sich für einen Haushalt aus Deutschlehrerin und Kolumnenschreiber gehört, natürlich eine ... Genau, eine Buchstabensuppe. Um ordentlich aufzutanken für neue Wortspiele, mit denen ich Sie demnächst wieder belustigen oder belästigen werde, je nachdem.

57
„Schland“, Vol. 2

Nun hat sie wieder begonnen, diese unheilvolle Zeit. Alle zwei Jahre kommt sie über uns und überrollt sogar die, die damit gar nichts am Hut haben. Nein, ich meine nicht die turnusgemäßen WM- und EM-Turniere an sich, es geht mir mehr um die unglückselige Zeit davor. Wenn Liga, Pokal und Champions-League vorbei sind, „unsere Jungs“ sich auf das Turnier vorbereiten und es fast vier Wochen lang – wenn man ehrlich ist – fußballerisch so gut wie nichts zu berichten gibt.

Ein Zustand, den Medien ablehnen, der Handel fürchtet und der Fußballfans unglücklich macht. Höchste Zeit also, die „Schland“-Maschinerie wieder anzuwerfen. Schon tummeln sich in diversen Discounter-Blättchen zahllose Schwarz-Rot-Gold-Devotionalien, deren Sinnhaftigkeit ich vor zwei Jahren zur letzten EM schon hinlänglich infrage gestellt habe. Auch die deutschen Medien haben längst Fahrt in Richtung Russland aufgenommen, spätestens nachdem Jogi Löw Mitte Mai in einem mit Hochspannung erwarteten TV-„Großereignis“ einige Spielernamen vorgelesen hat. Nicht unter den auserlesenen Verlesenen war unser WM-Held von 2014, Mario Götze. Fast ein wenig hämisch wirkten anschließend Löws kommentierende Worte: „Mario tut mir leid ...“ Mir tut eher Clara leid, die Lebensgefährtin des Freiburger Torjägers Nils Petersen, der vergleichsweise überraschend nominiert wurde. Deren gemeinsamer Jahresurlaub ist mal eben, binnen weniger Sekunden, von vier Wochen auf vier Tage zusammengeschrumpft. Und für was? Dass der gute Nils – wenn es gut für ihn läuft – in Russland auf der Ersatzbank sitzt, wenn er nicht kurz vorher wieder ausgesiebt wird oder – noch blöder – auf Abruf bereitstehen soll. Da kann man den dicken Hals einer verliebten Spielerfrau schon verstehen.

Gerade wenn zusätzlich noch Kinder familiär involviert sind. Wer vermag schon zu sagen, wie sehr der erst im März geborene David Rudy gehofft hatte, dass Jogi Löw den Namen seines Vater – nach einer bestenfalls mittelmäßigen Saison bei Bayern München – *nicht* nennt? Er hätte endlich Gelegenheit gehabt, seinen dauerbeschäftigten Erzeuger (von Vater kann man ja noch nicht reden) das erste Mal ein wenig näher kennenzulernen.

Wer weiß schon, wie sehr das frisch geborene Fohlen auf dem Ponyhof von Thomas Müller sein „Herrchen" (sagt man das so bei Pferden?) über diese sechs Wochen vermisst und welche innige „Herrchen-Fohlen-Beziehung" nun eventuell nicht mehr möglich ist?

Das alles nur wegen dieser blöden WM, mein Gott, es ist doch nur Fußball. Selbst zwei gestandene Premier-League-Profis haben versucht, mittels einer selten dämlichen Fotoaktion an der Seite eines Despoten noch kurzfristig aus dem Kader zu fliegen, um sich stattdessen mit ihren Partnerinnen gemütlich an einen türkischen Staatsstrand zu legen. Betrachtet man sich die Reaktionen im Internet, kann man nur hoffen, dass vor allem unser Sensibelchen Özil in Russland einigermaßen gut Fußball spielt, denn kaum war das Foto mit

„seinem" Präsidenten Erdogan veröffentlicht, erinnerte sich ganz Fußball-Deutschland daran, dass der gute Mesut vor Länderspielen regelmäßig das Mitsingen der deutschen Nationalhymne verweigert. Und genau das ist das Dämliche an dieser Fotosession: Sie spielt allen rechtsgesinnten Fußballfans perfekt in die braunen Karten. Menschen, die Boateng, Özil, Gündogan, Sané oder Rüdiger nur so lange im Team ertragen, bis sie einen Fehlpass spielen. Insofern ist die gute alte Badesalz-Nummer über den fiktiven (aber an Anthony Yeboah angelehnten) Fußballer „Anthony Sabini" aus dem Jahr 1991 aktueller denn je. Wie dem auch sei, Fakt ist, dass uns noch zwei quälend lange Wochen bevorstehen, ehe in Russland endlich der Ball rollt. Zwei Wochen, in denen jeder Waldlauf unserer „Jungs" zum Medienereignis wird, in denen jede vorübergehende Eiswürfelknappheit im bundesdeutschen WM-Quartier die Mission „Titelverteidigung" ernsthaft gefährdet, in denen Manuels neuer Fuß ... Entschuldigung, Manuel Neuers Fuß zum „Fuß der Nation" wird, so wie 2002 die Wade Ballacks. Und wenn es dann losgeht, wird Fußballdeutschland spätestens nach dem Auftaktunentschieden gegen Mexiko beginnen, daran zu zweifeln, ob Jogi Löw wirklich die richtigen Leute mitgenommen hat und sich zu fragen, warum er eigentlich nicht zu seinen ergrauten Haaren steht. Folgt gegen Schweden das zweite Remis, wird dem Bundestrainer nicht nur eine verkappte Homosexualität angedichtet, sondern werden nicht berücksichtigte Spieler wie Sandro Wagner, Sven Ulreich oder Emre Can (der übrigens das Lächel-Treffen mit Erdogan abgelehnt hat, schau an) medial zu Helden erklärt und sicherheitshalber schon mal aus dem Urlaub zurückbeordert (Ehekrise inbegriffen), um uns gegebenenfalls als Nachnominierte doch noch ins Finale zu gurken. Gut, Wagner vielleicht nicht, der – Stand heute – immer noch im Berliner Olympiastadion unter den Sitzen nach seiner achtlos weggeworfenen Silbermedaille vom Pokalendspiel sucht, wozu er vom DFB verdonnert wurde.

Aber zurück zur WM: Spätestens wenn es dort im Finale wieder in Richtung Verlängerung geht, sollte sich sogar der böse verschmähte Mario Götze in den Flieger nach Russland setzen. Egal, wo er gerade Urlaub macht, auf Schalke, in der Türkei oder auf Thomas Müllers Ponyhof, der nach drei verschossenen Elfmetern seines Eigentümers in der Vorrunde mittlerweile von sechzehn internationalen Kamerateams dauerbelagert wird, während dort parallel der Kinofilm „Bibi und Tina, Teil 17“ gedreht wird. Das ist alles Blödsinn? Natürlich, aber irgendwie müssen wir ja die Zeit bis zum ersten Anstoß rumkriegen und über nichts lässt sich mit so wenigen Fakten so viel reden oder schreiben wie über Fußball. Wird Zeit, dass es losgeht.

58
Daten-Wildnis

Langsam, aber sicher haben nun auch die letzten Firmen ihren Kunden (oder potenziellen Kunden) eine Datenschutzerklärung abgerungen. Selten wurde man so über die Maßen freundlich, fast flehend per Mail aufgefordert, sein Häkchen zu machen. „Es wäre so schade, Sie zu verlieren" waren unzählige Newsletter der letzten Wochen übertitelt. Ohne Frage hat das längst überfällige Umsetzen einer schon lange bestehenden Verordnung dazu beigetragen, dass wir Kunden erneut für das Thema Datenschutz sensibilisiert wurden.

Aber auch die Datenschutzmedaille hat zwei Seiten. Seit Ende Mai haben unzählige beliebte Internet-Blogs die Segel gestrichen, weil der nun dessen Betreibern abverlangte bürokratische Aufwand jeden Spaß am Bloggen nimmt. Aber auch in anderen gesellschaftlichen Bereichen sind die Folgen der „DSGVO" spürbar. Die FAZ berichtet von der *Bewegungs- und Rehabilitationssportgemeinschaft Ingelheim,* deren kompletter Vorstand aus Angst vor der Datenschutzverordnung zurückgetreten ist. Dazu zitiert das Blatt den 79 Jahre alten Kassenwart des Vereins, Helmut Benkelmann: „Es ist unmöglich, damit zurechtzukommen. Ich kann nicht zu 250 Mitgliedern fahren und mir unterschreiben lassen, dass ich ihnen einen Brief schicken darf."

Benkelmann spricht all jenen Vereinen aus der ehrenamtlichen Seele, deren Kommunikation (noch) nicht auf E-Mail-Verkehr und elektronischen Adressbüchern beruht. Es ist unbestritten, dass Datenschutz wichtig und richtig ist, dennoch ist die neue DSGVO ein weiterer Schritt, das gesellschaftliche und soziale öffentliche Leben noch komplizierter, noch bürokratischer zu machen. Zudem spielt sie jenen Zeitgenossen in die Karten, die es sich zum Hobby gemacht haben, andere wegen irgendwelcher Pipikram-Verstöße anzuzeigen oder zu verklagen. Auch werden wir uns auf eine Flut von Betrugsversuchen einstellen müssen, wenn Briefkasten-Anwaltskanzleien windige Abmahnungen versenden. „Sie haben auf dem Hessentag ungebeten unsere Klientin fotografiert, bitte zahlen Sie …“

Kurzum, vieles in Sachen Datenschutz ist – trotz neuer Verordnung – den meisten Bürgerinnen und Bürgern noch völlig unklar. Ich selbst bin weiter hochgradig verunsichert. Vor einigen Tagen zum Beispiel fragte mich ein verirrter niedersächsischer Autofahrer in meinem Heimatdorf nach dem Weg zur B3 nach Bad Nauheim. Ich zögerte kurz, ehe ich mich dann dazu entschloss, dem Suchenden die Antwort zu verweigern. Ganz ehrlich, mir liegt kein offizielles Schreiben der Bad Nauheimer Stadtverwaltung vor, das mich dazu legitimiert, die Koordinaten des Kurorts einfach so am Straßenrand irgendwelchen wildfremden Menschen zu übergeben. Zudem müsste zuvor der Magistrat der Stadt alle seine Einwohner dazu explizit um Erlaubnis gebeten haben, denn wer nicht kontaktiert oder gefunden werden möchte, dem muss das Recht auf Anonymität zustehen. Nicht dass am Ende *ich* dafür belangt werde, dass eine Bad Nauheimer Familie den Besuch der ungeliebten Verwandtschaft aus Hannover ertragen muss, nur weil ich am Straßenrand von Pohl-Göns datenschutzmäßig gepetzt habe.

Ebenso unklar ist die Datenschutzlage in Bezug auf Tiere. Wer in Gottes Namen schützt nicht nur uns, sondern vor allem die Hauptdarsteller vor den grassierenden Katzen- oder Hundebabyvideos im Internet? Ich möchte bezweifeln, dass diese vorgeführten Kreaturen irgendeinen Tatzenabdruck unter irgendein offizielles Datenschutzpapier gesetzt haben. Anschlussfrage: Wie ist es mit dem tollen Datenschutz zu vereinbaren, dass bei LIDL Anfang Juni „Wildbeobachtungskameras" an das gemeine Volk verkauft wurden? Kameras in militärischer Tarnfarbe, deren Objektive völlig ahnungslose Wildtiere beobachten und die Aufnahmen auf Monitore derer übertragen, die sich – nur Gott weiß, warum – so etwas ansehen. Mehr noch, die Daten werden zu allem Überfluss dort auch noch auf Datenträgern gespeichert. Wer kann da ausschließen, dass nicht in Kürze DVD-Serien im Internet gehandelt werden mit jeweils 150 Stunden Echtzeitaufnahmen der Mainächte vom dritten Baum links neben dem Gambacher Grillhüttchen? Skandalös!

Mal vom Recht des Wildes am eigenen Bild abgesehen, vermute ich ohnehin, dass diese Wildbeobachtungskameras weitestgehend nicht artgerecht verwendet werden. Ich habe dazu zwei, zugegebenermaßen bislang noch nicht verifizierte, aber durchaus denkbare alternative Nutzungsthesen.

These 1: Die Infrarot-Wildbeobachtungskamera in der Nähe des Grillhüttchens soll gar keine Tiere, sondern die sich dort in lauen Sommernächten hin und wieder vergnügenden Liebespaare observieren. Solche Aufnahmen sind im Weiterverkauf um ein Vielfaches lukrativer als die von gemütlich grasenden Rehen.

These 2: Der durchschnittliche Schrebergärtner nutzt ein solches Gerät zur Observierung der wie eine alttestamentliche Plage über seinen Garten herfallenden Nacktschnecken. Nur so kann er in Erfahrung bringen, mit wie vielen Feinden er es überhaupt zu tun hat, wie und wo sie sich wann bewegen und am ehestens in einer schleimigen Schlacht zu besiegen sind. Und schon droht der nächste Skandal, denn in diesem Fall werden sogar *nackte* Tiere ungefragt gefilmt, und neben den Datenschützern laufen die FSK und der Kinderschutzbund Amok.

Und letztlich bleibt noch die Frage, ob Single-Pärchen, die sich übers Internet kennengelernt haben und nun daten wollen, sich vorher gegenseitig eine Datenschutzerklärung unterschreiben müssen. Zentraler Inhalt: Gebrochene Herzen dürfen nicht – auch nicht in Teilen – ungefragt an Dritte weitergegeben werden.

59
Die Kofferband-Koryphäe

Nach einem herrgottsfrühen Start ab Frankfurt Flughafen, samt übermüdeten Eltern und nervigen Kindern (oder war es umgekehrt?), nähere ich mich mit meiner Frau, meinen Töchtern, meinen Eltern und meiner Schwiegermutter im gemütlichen Charter-Sinkflug unserem Urlaubsziel Korfu. Alles wäre gut und 14 Tage sonnig-sorgloses All-Inclusive-Leben könnten umgehend beginnen, würde davor nicht noch eine der unschönsten Begleiterscheinungen anstehen, die so eine Flugreise in den Süden mit sich bringt: die unselige Kofferausgabe am Zielflughafen. Es ist das übliche Spiel: Niemand möchte sich die Blöße geben und nach dem Verlassen des Fliegers anfangen zu sprinten, dennoch will jeder der Erste am Kofferband sein, um dort die möglichst beste Ausgangsposition zu ergattern. Allen voran meine Mutter, die auch mit fast 78 Jahren noch die unangefochtene Kofferband-Expertin unserer Reisegruppe ist. Wie keine andere weiß sie, dass es nicht nur darum geht, zuerst am Kofferband zu sein, sondern parallel blitzschnell zu antizipieren, an welcher Stelle es mit den Gepäckstücken bespuckt wird, um dann so rasch wie möglich die eigenen Koffer zielgerichtet zu identifizieren.

Um sich diesbezüglich den größtmöglichen Vorteil zu verschaffen, hat meine Mutter vor vielen Jahren schon ihre beiden Exemplare mit 188 kunterbunten BILD-DER-FRAU-Oster-Aufklebern aus den Neunzigern flächendeckend tapeziert. Sie sind so knallbunt, dass ein längeres Betrachten zu bewusstseinserweiternden Reaktionen führen kann. Bis der Rest unserer müden Reisetruppe die Kofferausgabe erreicht hat, feiert meine Mutter bereits mit einem zufriedenen Grinsen ihren aussichtsreichen Platz am Band und weist meinen Vater und mich mit wilden Gesten ein, wie und wo wir uns als menschliches Backoffice hinter ihr zu platzieren haben, um dann die Koffer schnell aus dem Pulk in Sicherheit zu bringen beziehungsweise schon wieder strategisch günstig in Richtung Flughafenausgang zu positionieren, was uns wiederum die besten Plätze im draußen vor der Halle wartenden Transferbus ins Hotel verschafft. So jedenfalls die komplexe Theorie der Kofferband-Koryphäe.

Als sich das Kofferband endlich in Bewegung setzt und die ersten Trolleys aufs Band purzeln, höre ich, wie ein Mann neben mir zu seiner Frau sagt: „Haschdu ihn scho gseha?“ Blitzartig schaue ich hoch zum Monitor über uns und stelle fest, dass wir am Band des wenige Minuten vor uns gelandeten Fliegers aus Stuttgart stehen. Per Handzeichen informiere ich meine Mutter, die am liebsten im Erdboden versinken würde, während mein Vater (nicht zum letzten Mal in diesem Urlaub) „Deine Mutter wieder…“ stöhnt. Mühsam wühlen sich sieben Mittelhessen aus der Schwabenmenge zum Nachbarband, wo sich meine Mutter umgehend mit einer gewieften Mischung aus Geschick, Pensionärsbonus, Stoßgebeten und spitzen Rentnerellenbogen löwinnenhaft nach vorne kämpft, während ich ihr durch die von ihr geschlagene Schneise fremdschämend folge. Schließlich stehen wir in zweiter Reihe, dicht an dicht wie urlaubsreife Ölsardinen, und warten. „In Frankfurt hätten wir schon längst unser Gepäck", nölt eine südhessische Strähnchen-Midagerin hinter mir und untermauert ihre konstruktive Kritik mit dem Hinweis, dass man ja schließlich schon vor 17 Minuten gelandet sei. „Die machen Frühstück, das kann dauern bei den Südländern", erwidert ihr horizontarmer Goldkettchen-Mann, vermutlich Vorsitzender des Wolle-Petry-Fanclubs Weiterstadt, während das Kind der beiden hochfrequentig ein Plätzchen nach dem anderen zermalmt und die jeweiligen Verpackungspapiere im gemütlichen Gleitflug auf den bis dahin sauberen korfischen Hallenboden segeln lässt. Endlich dreht sich auch unser Band und schon meint der Petry-Fan, aus der Ferne einen seiner Koffer zu erkennen. Blitzartig verschafft er sich per beidseitigem Ellenbogencheck Platz und reißt mit einer Gewichtheber-ähnlichen Bewegung einen roten Hartschalenkoffer vom Band, den er Millisekunden später einem vor sich hin dösenden Teenie gegen das Knie schmettert, während ein paar Meter weiter ein beiges Rentnerehepaar kurz vorm dualen Herzkasper entrüstet aufschreit: „Sie klauen unseren Koffer." Vier Sekunden später schmeißt Papa Petry 15 Kofferband-Meter weiter westlich strauchelnd den Koffer wieder aufs Band. „Nicht unsrer", keucht er. „Unsrer ist ja auch blau und nicht rot, Wolfi", belehrt ihn seine Strähnchen-Frau harsch. Gibt's ja nicht, er heißt wirklich Wolfgang ... „Aber sonst wie unserer", geifert Wolle zurück. Ich bin mir sicher, spätestens zum Rückflug werden alle Familienkoffer mit kunterbunten

Freundschaftsbändchen umwickelt sein. „Will noch Plätzchen", fordert indes das schon vor Urlaubsbeginn adipös anmutende Töchterlein und bekommt von Strähnchen-Mama kommentarlos eine neue Packung gereicht. In diesem Moment umgibt mich die schaurige Gewissheit, dass uns diese Familie noch weiter begleiten wird. Es wäre nicht das erste Mal, dass Miturlauber, die uns schon am Heimatflughafen oder im Flieger negativ aufgefallen waren, später nicht nur im gleichen Transferbus gesessen haben wie wir, sondern zu allem Überfluss auch am gleichen Hotel ausgestiegen sind. „Murphy´s Law", so nennt man diese maximale Verkettung von Unglück. „Alles, was schiefgehen kann, wird auch schiefgehen." So überrascht es mich nur mäßig, als zwei Stunden später meine Mutter gegen Wolle Petry an der Hotel-Rezeption um den größten Kofferwagen kämpft, während Pummelchen-Tochter – kurz vor dem Zuckerschock – weiter vor sich hin bröselt. Ich hadere mit meinem Schicksal, denn eines ist klar: Da kann die Urlaubsanlage so weitläufig sein, wie sie will, ich weiß jetzt schon, dass ich die nächsten 14 Tage noch meine helle Freude an Wolle, Strähne und Plätzchen haben werde. Nur eines darf nicht passieren und würde von mir schon beim leisesten Anflug mit allen unerlaubten Mitteln konterkariert werden: Plätzchen darf sich unter keinen Umständen mit unserer jüngeren Tochter anfreunden, sodass ein Kontakt der Eltern untereinander kaum zu vermeiden wäre. Dies wäre Grund genug, meine Koffer verfrüht wieder auf das Kofferband in Richtung Frankfurt zu werfen. Hölle, Hölle, Hölle.

60
Gedankenlos

„Und, hast du schon deine ‚Gedanken der Woche' zu Papier gebracht?", fragte mich neulich ein Bekannter. Mein Gott, was wäre das für ein konfuses Desaster, wenn ich Ihnen einfach so meine Gedanken niederschreiben würde. Mit diesem völlig unkoordinierten Wust an Hirnstromergüssen, von denen 99 Prozent kompletter Unfug sind, könnte ich Sie doch nicht Woche für Woche belästigen, geschweige denn unterhalten. Nein, ich muss schon die Konzentration aufbringen, sie zu entknoten, auf Tauglichkeit zu bewerten, zu sortieren, um sie dann in eine ansprechende Form zu bringen. Gedanken in ihrer Rohform, also bevor sie von den inneren Bewertungsinstanzen „Gewissen", „Erfahrung" und „Moral" von allen Seiten beleuchtet und anschließend selektiert werden, sind das Unstrukturierteste, Unlogischste, Respekt- und Zügelloseste, das man sich vorstellen kann. Ihnen Einhalt zu gebieten, ist schlichtweg unmöglich.

Dazu passt die beliebte Kinderfrage: „Papa, kann man eigentlich an nichts denken?" Die innere Stimme ausschalten? Das wünschen sich sicher viele von uns hin und wieder, wenn einen kummervolle Gedanken grämen, wenn die Kollegen „Angst", „Zweifel" und „Sorge" den Kopf zermartern. Aber selbst positive Erlebnisse schwirren mitunter so bienenschwarmähnlich wild durch meinen Kopf, dass ich mich mächtig zusammenreißen muss, um mental einigermaßen zur Ruhe zu kommen. Mit ganz viel Glück und leider viel zu selten gerate ich dabei in eine Art Wachkoma, in dem die Gedanken galleartartig und wie gelähmt vor sich hin dümpeln.

Im Wellness-Kurzurlaub zum Beispiel, wenn ich bei mentholhaltiger Luft und Trance-Gedusel in Endlosschleife von meiner Komfortliege dumpf aus dem Fenster starre. Irgendwann formieren sich dann aber doch einige Hirnströme zu dem Gedanken, dass ich zumindest einen Teil des Urlaubstages dazu nutzen könnte, mir den hübschen Ort unterhalb des Hotels anzuschauen. Schnell schließt sich der Gedanke an, dass ich dabei ja auch gleich ein Geschenk für Tante Paula besorgen könnte, die übermorgen zu ihrem 80. Geburtstag eingeladen hat, zu dem ich eigentlich was genau anziehe? Und schon ist das chillige Dahindösen vorbei und die Gedanken tanzen wieder wie bekloppt durch meinen Kopf. Die große Kunst des Schreibens ist es dann, die brauchbaren unter diesen flirrenden Dingern herauszufiltern, sie zu verknüpfen und zu Sätzen zu formulieren. „Notiere es lieber auf einem Block“, mahnt mich meine innere Stimme, quasi der Pressesprecher der Gedanken, sogleich und weiß nur zu gut, wie schnell noch so schöne Gedanken auf Nimmerwiederdenken verschwinden können.

Was aber tun, wenn kein Papier in der Nähe ist? Wie zum Beispiel beim Laufen im Wald, das – mir zumindest – immer wieder neben Endorphinen auch viele brauchbare Gedanken ausschüttet. Nun ja, wenn Sie hier in der Region mal einem joggenden Mittvierziger im Wald begegnen, der schnaufend und dem Infarkt nahe wirre und zusammenhanglose Gedanken in sein Handy hustet, dann bin ich das.

Was aber assoziieren wir noch mit dem Begriff „Gedanken"? Sicher auch die schon fast klischeehafte Beziehungsfrage: „Ich würd gern wissen, an was du grad denkst." Ist das überhaupt zu beantworten? Ich jedenfalls bin in der Lage, in den fünf Sekunden, die das Aussprechen dieses Satzes in Anspruch nimmt, an acht verschiedene Dinge zu denken. Die meisten davon sind aber so daneben, dass ich sie meiner Frau lieber nicht zumuten möchte, sodass ich entweder sage: „an nichts" – oder eben schweige.

Das Schweigen halte ich im Übrigen auch in anderen Bereichen oft für eine kluge Wahl, neigt der moderne Mensch doch dazu, ständig und überall mitreden zu müssen. Es ist meist von Vorteil, sich eine Phase der inneren Bewertung zu gönnen, anstatt einfach loszuplappern und dann mehr zu meinen, als zu wissen.

Neben der Fähigkeit zu lieben, zählen Gedanken für mich zum höchsten Gut menschlichen Lebens, weil sie das ultimativ Privateste sind. Ich bete zu Gott, dass die moderne Technik dieses Refugium nicht auch noch entschlüsselt und öffentlich macht. Dann hieße es bei Facebook nicht mehr: „Martin ist gerade hier", sondern „Martin denkt gerade an". Dann sind Gedanken nicht mehr so frei, wie im wohl bekanntesten deutschen Volkslied besungen, das im Zeitalter von Entschlüsselung, Überwachung und virtueller Realität politisch ähnlich aktuell ist wie zu Büchners Zeiten.

Falls es Ihnen also demnächst mal wieder nicht gelingt, an nichts zu denken, überlegen Sie sich doch mal, ob Sie wirklich gerne Gedanken lesen können würden, und falls ja, in welchen Kopf Sie dann gerne mal hineinlesen würden. Meiner Frau empfehle ich den meinen jedenfalls nicht. Den Wenigleseern unter Ihnen rate ich zu Donald Trump, denn was der treibt, erscheint ja weitestgehend gedankenlos.

Sagt der Kolumnist und ist seine Gedanken los.

Erneut ein dickes DANKE an

... meine Familie, die, insbesondere meine Frau und meine Töchter, alle meine satirischen Auswüchse tapfer erträgt,

... Andrea für das unermüdliche Korrekturlesen, wenn dem Künstler mal wieder die orthografischen Gäule durchgehen,

... an das Team des Cocon-Verlags für die jederzeit konstruktive und sympathische Zusammenarbeit,

... an das Mittelhessische Druck-und Verlagshaus, in dessen Verbund die diesem Buch zugrunde liegenden „Vatertage" erscheinen,

... alle Menschen, die meine Lesungen, Leseshows und Kabarettauftritte besuchen, mich weiterempfehlen oder gar selbst engagieren.
Ohne die vielen positiven Feedbacks – persönlich oder per Mail – gäbe es diese beiden Kolumnenbücher nicht.

Buchungsanfragen an: info@martinguth.com
Mehr Infos unter:
www.martinguth.com
www.facebook.com/martinguth5

Martin Guth:
MANN, PAPA ...!
50 Tage im Leben eines zweifachen Vaters und einfachen Mannes

ISBN 978-3-86314-322-0,
207 Seiten, 14,80 €

Martin Guth hat es nicht leicht. Das Leben fordert ihn – als Vater, Ehemann und manchmal auch als Mann. In fünfzig aberwitzigen Geschichten verstrickt er sich in Ringkämpfen mit dem gemeinen Bücherwurm oder philosophiert über Chipstüten-Phänomene und Memory-BHs. Er scheitert beim Hüpf-Roll-Plumps-Parcours in der Mutter-Kind-Turnstunde ebenso kläglich wie beim „Abhalten" seiner Tochter am Straßenrand, wo er einmal mehr vergeblich versucht, seinen inneren Schweinehund auszusetzen.